Yoko Ogawa

原稿零枚日记

げんこうゼロまいにっき

［日］小川洋子 著

马梦瑶 译

浙江出版联合集团

浙江文艺出版社

Genkô Zeromai Nikki

Copyright © 2010 by Yoko Ogawa

First published in Japan in 2010 by Shueisha Inc., Tokyo

Simplified Chinese translation rights arranged with Yoko Ogawa

through Japan Foreign-Rights Centre / Bardon-Chinese Media Agency

本书中文简体字版版权，浙江文艺出版社独家所有。

版权合同登记号：图字：11-2015-313 号

图书在版编目（CIP）数据

原稿零枚日记 / （日）小川洋子著；马梦瑶译. —杭
州：浙江文艺出版社，2018.5

ISBN 978-7-5339-5041-5

Ⅰ.①原… Ⅱ.①小… ②马… Ⅲ.①日记体小说—
日本—现代 Ⅳ.①I313.45

中国版本图书馆 CIP 数据核字（2017）第 237057 号

原稿零枚日记

作　　者：〔日〕小川洋子
译　　者：马梦瑶
责任编辑：王盈盈
出版发行：浙江文艺出版社
地　　址：杭州市体育场路 347 号
网　　址：www.zjwycbs.cn
经　　销：浙江省新华书店集团有限公司
印　　刷：浙江超能印业有限公司
版　　次：2018 年 5 月第 1 版　2018 年 5 月第 1 次印刷
开　　本：880 毫米×1230 毫米　1/32
字　　数：126 千字
印　　张：7.875
插　　页：1
书　　号：ISBN 978-7-5339-5041-5
定　　价：39.00 元

九月某日（星期五）

为了收集长篇小说素材，我去宇宙射线研究所参观，住宿于 F 温泉。

出租车在山中一直往前行驶着，仿佛没有尽头。几乎没有遇到其他车辆，从两边的车窗望去，满眼都是层层叠叠的高大树木，偶尔从树干的缝隙间突然露出来的水库或养殖场，也会顷刻间消失在密密层层的树木之中。被一座座山峰切割开的天空是那般狭窄，灰蒙蒙的，混浊不清。

"到红叶季节，这一带也特别热闹吧？"

"哪里，没有。"

沉默寡言的司机似乎只会说这一句话。

"这里海拔有 1500 米吗?"

"哪里,没有。"

"还很远吗?"

"哪里,没有。"

我沉默下来,只听见表盘时而发出咔嗒咔嗒的响声。

终于看到 F 温泉的指示牌时,太阳已经西斜。指示牌堂而皇之地挂在比路标还要高的地方,上面画着一只鼓着鼻翼的野猪,它用叉开的前爪指着 F 温泉的方向。胯下至腋下都已变成了红褐色,锈迹斑斑,看着都替它痒痒。按照野猪指示的方向,出租车从国道掉头,过了桥后,沿着沙土路行驶。

旅馆建在河边凹凸不平的岩石上,看着像很费劲地叉腿站在上面似的。无人打理的前庭里,胡枝子和女郎花或自在开放或枯萎凋谢。玄关的拉门上趴着一只漂亮的蛾子,它身上的花纹艳丽得让人不由自主地想要用目光描摹一下。

"大老远的,欢迎光临!"

没想到迎出来的是一位年轻姑娘。不过她的模样不像是打工仔,行为做派颇有通晓人情世故的女主人的架势。她穿着简单的衬衫、百褶裙、短袜子。不知是不是旅馆的主打色调,衬衫、裙子、短袜子一律是深绿色的。

我暗想，这张脸好像在哪里见过。与某个不是很熟，也不知道名字，只知道长相的人非常相像。

"请这边坐吧。"

女主人帮我提着旅行包，沿着长长的走廊往前走。走廊曲里拐弯的，被几个楼梯隔成几块。下两个台阶再上五个台阶，下八个台阶再上三个台阶，接着上六个台阶下十个台阶，就这样反反复复。可想而知，在几乎没有平地的地面上盖起这座房子，有多么不容易了。

女主人就如同没有这些台阶一般健步如飞，随着上下台阶，身体起伏不停，然而不知怎么的，她的肩膀始终是一条直线。我那个装着宇宙射线研究所参考资料的旅行包相当沉重，可是她根本不当回事，以微微松弛的膝盖为起点，保持同样的速度让身体不断向前滑行着。我甚至觉得就像乘坐在未来的交通工具上一样。为了不落后，我拼命快步紧跟在她后面，不知何时，竟然忘记思索她长得到底像谁了。

左手边的一排房间都关着门，右手边的玻璃窗对面是河滩。走廊的天花板很低，地板上铺满了咖啡色的毛皮地毯。地毯的咖啡色和她的深绿色袜子看上去非常协调。

"这是野猪皮。"

就像看透我的心思似的，女主人这样说道，时机把握得恰到好处。

她带我去的房间是很普通的十叠①和式房间，脚下的榻榻米感觉凉丝丝的。

"您打算几点吃饭？"

"七点半吧。"

"知道了。"

"饭前想去周边走一走。"

"那就去河边的溪流小路比较合适。"

我听从女主人的建议，泡过温泉之后，换上浴衣，跟旅馆借了双草鞋，就去小路散步。和"溪流"这种闲雅词语不大吻合，河流的水量很大，流速很快，遇到岩石或倒木，不断激起白色的浪花。水声与风声合为一体，打着漩涡，哗啦哗啦地流向山里。除了夕阳照射下的山梁反射着耀眼的光芒之外，山另一边，天边以及四处冒着热气的温泉，都被暮色吞没了。

我沿着净是石子的小路朝着上游走去。只有一条路，不用担心走错，可是毕竟穿着浴衣和草鞋走在不熟悉的地

① 叠，日本面积计量单位，一叠为 1.6562 m²，十叠为 16.562 m²。

方，总归心里没底，时不时地回头张望旅馆。从松树梢之间露出的旅馆屋顶，不断变换着形状一点一点逐渐变小了。与此同时，路两旁的芒草则越来越浓密，朝中间挤压过来遮蔽了小路，我不知不觉地用手扒拉开芒草穗，踩踏着根茎走，否则无法前行。浴衣的下摆、袖子都被它们剐开了，芒草穗扎得腿肚子和胳膊到处刺痛。仔细一看，皮肤上布满了一道道细细的红色划痕，很像旅馆大门上趴着的那只蛾子翅膀的花纹。不管我怎么回头张望，也看不见旅馆的屋顶了。

可能是不知不觉中小路拐了弯的缘故，不知何时，哗哗流水声远去了，石子小路变得柔软起来。抬眼一看，芒草前方霍然出现了两棵白桦树，我吃了一惊，下意识地赶紧收拢了领口，系紧了腰带。

两棵白桦树的间隔适中，笔直的树干伸向天空。高度自不必说，从树干的粗细、树枝伸展的姿态到黄绿色树叶构成的等边三角形轮廓，都非常对称，没有区别。此时夕阳恰好落在树梢上面，被风翻动的一片片树叶闪闪发光。刚才那般让人厌烦的芒草，在其四周却俯首称臣，垂头丧气。

我就像穿过大门般从两棵白桦树中间走了过去，只觉得通过草鞋传递给我的土地的感觉变得越来越柔软了。

这里出乎意料地出现了一个空旷的地方，我确定溪流小路到此为止了。还没有变红的花楸树、枫树、杜鹃等树木裸露的根部，即将塌落的石墙，小庙，道祖神，大大小小形态各异的岩石，这里所看到的一切都覆盖了一层青苔。

刚才映照白桦树的夕阳不知被什么东西遮挡了，四周昏暗下来，风也吹不到这里，青苔释放出的冷气渐渐从脚下袭来。没有一个活动的东西。从一片树叶到岩石的小凹坑，凡是迷失到这里的东西都被青苔所包裹，所拥抱，所幽禁了。它们被青苔夺去了原本的轮廓，失去了原本的形状，只是变成了模糊的圆形物体。看上去这些绿色仿佛随意变换着浓淡色彩，一边在地面上爬行，一边屏住气息窥测着周围，哪怕一点点遗漏之处也不能有似的。

遇到眼前这样的风景，有谁不想去踩踏它们呢？我慢慢地迈出了一步，绝对不能胡乱踩踏，青苔仿佛含有威慑我的气场。它们既非花草也非树木的含糊性、身为微小生物齐心合力求生存的坚韧、状似绵软毫无抵抗的模样却又毫不留情侵蚀他物的精神……凡此种种，无不令我慎重行事。

我将全部神经集中于脚趾之间，调整着身体重心，一步一步地往前走。从脚底一点点传过来的感觉，告诉我踩了不该踩的东西。回头一看，自己踩过的地方并没有造成太大伤害，才松了口气。青苔们对我的踩踏貌似不以为然。

好容易习惯了眼前的风景后，我才意识到石墙前面有一座木头的平房。大概曾经是烧炭小木屋或者就是个仓库之类的吧，建造得粗糙简陋，壁板处处翘起，开始腐朽，不用说满是青苔。只有房顶上铺着青绿色的铜板，可是它的颜色也和周围的青苔难以区分，看着倒也和谐。

"苔藓料理店"——门牌上这样写着。不可思议的是，在被青苔覆盖的满是裂纹的小小门牌上，这五个字却看得很清楚。说不定是用青苔写的吧。

"欢迎光临。"

这时，大门突然发出刺耳的嘎吱嘎吱声打开了，我吃惊得后退了一步。

"恭候您的到来。"

一位老妇深深鞠了个躬。

"哪里，我只是路过这里……"

"请不要拘束。"

"不是的，因为那个……"

"饭已经给您准备好了。"

"不，我已经在旅馆订餐了。"

"您说的旅馆，是那个旅馆吗?"

老妇朝着溪流小路的方向望去，此时我才注意到她的脸，又惊愕得倒退了一步。因为她虽然和旅馆的女主人相差五十岁的样子，却长得一模一样。而且也身着同样的深绿色衬衫、裙子、短袜子。这深绿色与四周的青苔混为一体，就连老妇的整个轮廓都模糊了起来。

"我们和那个旅馆是一家，这里就相当于是分馆，所以您不用担心，在哪里吃饭都是一样的。"

这样对话时，不知不觉中我已脱了草鞋，被让进了宽敞的客厅里。这是一间与其外观不协调的漂亮的大房间，映入眼帘的是雕梁画栋、古香古色的挂轴、擦得锃亮的壁龛立柱，比旅馆的房间大好几倍。房间角落因昏暗看不清楚，但正中央已经摆放了矮桌、榻榻米椅子、凭几①、坐垫，等等。一坐在松软硕大的坐垫上，连日来参观宇宙射线研究所的疲惫一齐涌上来，我心想：虽说可能是吃不惯的料理，在这里吃，应该也不错吧。

————————————

① 凭几，又叫凭肘儿。席地而坐时靠于肘部，用以搁肘和支撑身体的用具。

接待服务也都是老妇一个人承担。首先从开胃酒开始就餐，开胃酒是用泥炭藓榨取的汁水做的。高脚杯里只斟了一口的藓汁液几乎是透明的，一摇晃，就从杯底缓缓泛起苔藓的碎片。

"长这东西的地方，说明水是干净的。"

"名副其实啊。"

"是的，它并算不是珍稀的品种。颜色比较淡，形状很像海藻。请您看看这个。"

老妇递给我一个装了泥炭藓的培养皿和放大镜。

"我想，您看了实物之后，会觉得料理更有味道了。"

我接过放大镜，观察那个培养皿。手掌大小的十倍放大镜看样子经常使用，把手上圆润光滑。

"您把放大镜贴在眼睛上，离得再近一些看，对，再用力一些。"

"啊，看得很清楚。"

原以为不过是普通的苔藓呢，谁知用放大镜一看，呈现出非同寻常的模样。不知该叫作根茎还是叫作叶片合适，总之它们是由各种怪异形状构成的，其复杂性与"苔藓"这样平凡的名词真不相称。互相缠绕形成的曲线、透明的平面、微小的口袋、鼓包、盖子、粉粒、毛发。这些形状聚合为一个整体，躺在培养皿上。好像是刚采来的，不管多么微小的尖端都是水灵灵的。水滴隐藏在其中，它们随着我的呼吸微微颤动着，那水滴也被染成了青苔色。

我放下了放大镜，喝了一口开胃酒。

老妇的待客非常周到。除了上菜的时机把握得分毫不差，对苔藓的解说也精确而简洁，不卑不亢，不急不躁，人虽在我的视野之内，却仿佛不存在一般。最让我钦佩的是，她上菜时，走路平稳得不会让盘子发出一点响声。深绿色的袜子本身就如同某种奇妙的生物，在榻榻米上无声无息地滑行，和旅馆的女主人如出一辙。我想，倘若苔藓能够移动的话，必定是像她们那样走路。

熏鞘苔、凉拌银叶真藓、清蒸绒苔、炖蛇苔、球苔汤、马杉苔天妇罗……料理一个接一个端上来，无一不是优美地被盛在讲究的餐具里。每一种苔藓都必定附带个培养皿，我一边用放大镜观察，一边吃着料理。

对于菜品的味道，我做不出准确的判断，反正不是用好吃不好吃这样的标准可以判断的。凉拌菜就是凉拌菜的味道，天妇罗就是地道的天妇罗味道，苔藓本身的味道躲藏在其后面，并不怎么显露出来。不用害怕什么，赶紧出来吧——我这样对它们说着，用舌头去探索，终于品味到了苔藓的风味。不过那也只是倏忽而过，必须加倍珍惜。

因种类不同，出现在放大镜里的风景也全然不同。有刚刚把孢子全部释放出来之后的景象，也有并排几个颈卵器张大着口的模样。黏黏糊糊的油纸状、蓬松的羽毛状、颤悠悠的果冻状……形容起来就没有头了。此外，隐身在孢子体后面的蘑菇、挣扎着想要逃跑的小虫子、潜藏着的苔藓以外的异物等等，也都很有趣。

正如老妇所说的那样，这种观察苔藓真面目之后吃菜的方式非常刺激食欲。在重复着看了之后再吃的过程中，我不禁发现自己的舌头、眼睛和鼻子的功能越来越分辨不清，变得浑然一体了。为了品尝苔藓所需要的特殊感觉，正逐渐在体内生成。

"这一带的苔藓料理店很多吗？"

"不多。做冒牌料理的有两三家，真货只此一家。"

"冒牌料理？"

"就是使用绿藻啦羊齿啦海蜇之类的冒充苔藓。或是掺进海藻增加分量，或使用染色剂染成苔藓的颜色，简直可恶之极。"

"使用冒牌货的好处是什么呢？"

"因为要想食用真正的苔藓，需要秘传的技术，并非把它们剥下来使用那么简单。技术不熟练者，根本对付不了苔藓，所以就染指冒牌货。到头来，这些店不久都倒闭了。"

"这个店创业多少年了？"

"我说不清楚，听上辈人说是自从这里长出苔藓的时候就开始了。"

老妇把天妇罗的碟子和马杉苔的培养皿撤了下去，走出了客厅。

房间里渐渐昏暗下来，雕栏、挂轴、壁龛木柱都看不清楚了，只有桌子上方的白炽灯亮着。在苔藓残渣、汤汁、调料等一片狼藉中，唯独放大镜保持着威严，等待着下一个培养皿。好像没有其他客人，老妇走出去之后，没有别的声音了。尽管没有吃多少东西，却感到苔藓混合着消化液，正在胃里一点点膨胀着。雨后的傍晚，在森林深处，莫非苔藓也是这般繁殖的吗？我这么想着，抚摸自己的腹部，把浴衣带子松了一些。

最后的主菜上桌了。

"这是并齿藓的石烤锅。"

仿佛要盖过老妇的声音一般，平平的石头上的油发出了吱吱声，呈现出刚才的菜品所没有的响动。

"这东西长的地方比较特殊。"

"特殊，是什么意思……"

"长在动物的尸体上。"

"哦……"

"今天是采自野猪的尸体。"

老妇低下头，坐在灯光照不到的阴影里。我拿起了放大镜，用习惯后不需多余的动作，一下子就迅速对准了目标。

并齿藓是从尸体上原封不动采取下来的。不知是从哪个部位取下来的，是脊背，是大腿，还是胯下？培养皿里血迹斑斑，在这红色的衬托下，绿色苔藓反而更醒目了。野猪的肉、脂肪、皮肤、毛发，以及断面的毛茬儿或毛发尖端的弯曲等等，都在放大镜里看得一清二楚。并齿藓就覆盖在那块肉片上。纤细的孢子囊是那样柔弱，它无助地摇曳着，却又深深地植根于尸体中。无论尸体上多么微小的凹凸，它都能不急不慌地沉着应对，聚合孢子囊，填埋缝隙。仔细查看野猪皮肉的各个角落，发现全部被苔藓覆盖，无一点遗漏之处。这时烤锅里响起吱吱的声音，冒出了油烟，散发出尸体烤焦的气味。

我想起指着F温泉方向的野猪。想象它站累了，厌倦了堆笑，一咕噜躺倒的样子。当最后的心跳停止不久，血液还热乎的时候，最初的孢子就过来驻足。落在咖啡色毛发根部的孢子，靠着残留在身体上的潮气，不断扩张着原丝体。仿佛彼此交流过暗号一般，孢子伙伴接二连三地飞来，互相帮助。原丝体发了芽，逐渐变成苔藓的样子，覆盖了尸体。此时野猪的体温已经彻底消失了，蛆虫开始活动，内脏开始腐败，但这些并不会让苔藓有所犹豫。苔藓默默无声地完成自己的使命。

在人迹罕至的森林深处，一头离群的野猪死了。没有伙伴为它送终，唯有苔藓聚拢而来，它们把深绿色的柔软毛毯覆盖在野猪的尸体上。

"请趁热吃吧。"

老妇从暗处对我说道。

回到旅馆时，已经八点多了。去的时候觉得走了好远，回来时没走多久就望见旅馆的灯光。女主人好像和苔藓料理店已经联系过了，我什么也不用解释，她对一切都了然于心似的。房间里已经铺好了被褥。

我跟女主人借了个便携式收音机，趴在床铺上。甲子园正在举行阪神队对巨人队的决赛。这场比赛必须要赢，之前在东京巨蛋阪神队三战三败，局面非常不利。

打开收音机，转动按钮。在家里的话，还能看着电视机声援，现在只能如此了。我很少出去采访旅行，可不知怎么搞的，偏偏总是赶在这样重要的比赛时出门不在家里。以前也是，阪神队和千叶罗德队进行日本赛季第一战那天晚上，我为了参加某文学研讨会，不得不被封闭在箕面市的山沟里。结果那个赛季，阪神队落了个四连败。

我已经事先查看了报纸，知道当地广播电台会实况转播棒球比赛。我转着按钮寻找那个台，可是，收音机自从插上电源后，就一直刺啦刺啦地杂音不断。每当往左或往右转动按钮时，那杂音就忽大忽小，忽断忽续的，一点也听不到有人说话的声音。我侧耳细听，耐心地等待着传来"金本①的本垒打""藤川②夺三击③"以及解说员的叫喊声和观众的欢呼声等熟悉的声音。我调整收音机的朝向，打开窗户，轻轻摇晃它，拂去尘土，试着吹气，凡是能想到的都做了，还是毫无效果。

是宇宙射线在作怪。

---

① 金本，指金本知宪，阪神队的优秀职业棒球手。
② 藤川，指藤川球儿，阪神队的优秀职业棒球手。
③ 三击，棒球等的术语，击球者从投手那里夺得第三个好球，成功跑垒。

　　突然，我醒悟到。宇宙射线不断地从宇宙落到地球上，其中仅中微子落到巴掌那么大的地方的数量，一秒钟就有六兆个。这是我今天刚刚从研究所知道的。我所在的就是这样一个令人讨厌的、可悲的、无可奈何的世界。只不过由于熟视无睹，所以看不见，其实，以亿、兆、京[1]为单位的粒子每时每刻都在落下。它们以极快的速度，以人类根本画不出来的直线穿透着我的身体。真是难以置信，我的手掌上竟然有六兆个的某种东西。明明这么小的手掌！如果我死在森林的深处，会有六兆个苔藓孢子覆盖住我的手掌吗？为了悼念我，宇宙射线会覆盖住我吗？

　　这是落在甲子园球场那银伞般屋顶上的宇宙射线的声音。我一松开按钮，那声音更大了。只好沮丧地扔开收音机，四仰八叉地躺在床铺上。浴衣凌乱，胳膊腿都露在了外面。我这才发现两只胳膊和腿肚子上那些蛾子图案样的红道道，不知何时不见了。我也懒得整理采访资料，就这么睡去了。

（原稿零枚）

---

[1] 京，汉字文化圈中使用的数词，有说为兆的十倍，也有说为兆的万倍；在中国不使用。

次日（星期六）

从晨报看到阪神队输了。比分 4 比 6。

在收银台结账。女主人穿着和昨天一样的衣服。

"啊!"从钱包里拿钞票时，我惊叫起来。我忽然发现自己的指甲变成了青苔色。

"这是吃了货真价实的最地道的苔藓料理的证明。"

女主人仿佛一晚上年轻了五十岁似的，说道。

我在 M 机场乘坐直升机回家。

（原稿零枚）

十月某日（星期二）

　　今天接受了某杂志的专访，是关于幼年时代的家的回忆。我侃侃而谈起来。有人给我提问题，有人想听到我的故事，仅仅这个理由，就令我兴奋无比。为了满足面前的人的期待，一直不断地讲着：

　　"玄关旁边有一口井，虽然已经被土填埋了，居然从正中央长出了一棵无花果树。日照不好，也没有人管理它，但每年暑假快要结束的时候，它都会结出累累果实，释放出浓郁的香味儿。最不可思议的就是，折断树枝后会渗出乳白色的树液。不管怎么想，都不是植物应该有的白色。我甚至想，啊，是不是坠入这井底的婴儿想要吸母亲的奶水啊。于是眼前浮现出那包着鼓鼓囊囊尿布的婴儿掉进黑暗井里去的情景，紧接着响起母亲的哀鸣以及扑通一声响。那响声仿佛是从世界的彼岸好容易才传来的模糊声音，但同时又是那么的清晰。接下来，有关这口井的来历以及以前住在这里的一家人，一个小说梗概在我的脑子里形成了。可以说，这就是我成为小说家的契机吧。但是，我把整个故事讲给朋友们听的时候，渐渐地，它变了，变得好像不再是虚构的，而是发生在自己家庭里的真实故事。而那个婴儿正是我自己。到了这个地步，谁也不相信我讲的故事了，最后只剩下弟弟一个听众。你知道吗，掉进井里的就是你啊，把你推下去的是我这个姐姐，我用土把你埋上了不让别人发现，还为了掩人耳目种上无花果树的。所以，其实你并不在这里。听我这么一说，弟弟流下大颗的泪珠——大得让人误以为是黑眼珠掉下来了——哭起来。到现在，我最喜欢的水果，还是无花果。

"由于是老式的房屋，玄关的水泥地面积很大。父亲在那里养了小鸟。有虎皮鹦鹉、文鸟、十姐妹，都是很俗的鸟儿。它们在墙边堆放的许多鸟笼子里，发出好听的叫声，父亲很上心地侍候它们。遗憾的是，我就是不喜欢鸟，父亲拿在手里的文鸟，我也不敢抚摸。它们滴溜滴溜乱转的小眼珠，傻里傻气歪着头看人的动作，以及看似柔弱实则尖利的恐怖爪子，都让人不能掉以轻心。它们肯定在窥测时机，想着用尖嘴啄我的黑眼珠。这是我把弟弟弄哭的报应。到那时，我的黑眼珠就会变成黑黑的大颗眼泪掉出来的。

"一天，班上的一个男孩子很客气地问我，是否可以给他一只文鸟。父亲很高兴地同意了，很豪爽地挑选了一只最聪明、最活泼的文鸟给他。作为谢礼，他送给我一本《世界伟人系列丛书——居里夫人传》。这套由华盛顿开始一直到弗兰克为止的伟人系列丛书，是我当时最喜欢看的书。当然，家里不可能花钱给我买，所以我每周从学校图书馆借一本回家看。一本一本看下去的喜悦，与一本一本少下去的寂寞，充塞了我的内心。居里夫人这本，我正打算下周去借的，现在它属于我了。这是多么美好啊！而且给我带来这个好运的，正是会给我带来厄运的小鸟们。我甚至忘记了它会用尖嘴啄我黑眼珠的恐惧，想用脸贴着亲热亲热它们。而且好运持续了下去，我写的读后感《居里夫人传读后感》获得了县知事奖。全家人都打扮一番，去县厅领奖。我在发辫上扎了绸带，穿着新买的有蕾丝花边的袜子，满脸得意。知事跟我合了影。我抱着装着奖状的黑纸筒和包了表彰盾牌的包袱回到家时，玄关里的小鸟一只不剩地都死了。不知是谁第一个看到的，大概是父亲吧。总之，它们都没气儿了。我们离开家的时候，它们还活蹦乱跳的，只是半天的工夫，就都死掉了。大概是死前痛苦挣扎过吧，水泥地上的羽毛、铺在笼子里的报纸都散乱不堪。瞪得大大的眼睛盯着远处，一动不动的，只有羽毛和碎报纸在随风飘舞。死因是什么呢？大概是传染病吧。但我知道，它们这是抗议的自杀。自己本来打算给对方施加惩罚的，结果却给她带来了好运，所以不能忍受。一定是这样的。小鸟死后，父亲在水泥地上又饲养过热带鱼、田鼠、变色龙、鼯鼠、扫雪鼬，但是，无论谁跟他要，他都不给。

"一进玄关，左边是母亲的裁缝室，一台捷豹织布机，一台兄弟缝纫机，总有一台在转动……"

一直一直这样讲着，进展缓慢，讲了快一个小时了，还在玄关这儿踏步呢。

"对不起，打断一下您的讲述。"

我抬起头，看见刚才还渴望听我的故事的编辑，露出疲惫和困惑的表情，好像很不舒服似的扭捏地说："可以的话，请您把房子的平面图画在这里好吗？这样的话，或许您讲起来也比较容易且有条理一些……"

编辑递给我一张方格纸。

"好的,当然没问题。"

我拿着铅笔,犹豫着不知从雪白方格纸的哪边画起为好,就先在左下角画了一棵无花果树,画了大门和鸟笼子。

"嗯,说明一下,裁缝室的隔壁是起居室,走下台阶是厨房,餐厅的窗户对面是花店,厨房门旁边是弟弟的学习桌……"

我按照自己的记忆,画了直线,再画出四方框,画错了就用橡皮擦掉,重新画出一条线来。可是不知怎么,鸟笼子画的比起居室还大,餐厅被围在其他房间中间,出口被堵上了,怎么也画不好。

"真是奇怪啊,请稍等一下。"

电话间、客厅、檐廊、储藏室、地下室。还有很多应该画的房间,可是,方格纸不够了。编辑默默地用透明胶带,给我拼接着方格纸。我的铅笔芯被这些接缝羁绊着,继续画着四方框。

越是接近方格纸的边缘,我越是无法掩盖比例尺的混乱。无论多么小心地确定长度,回头一看,还是陷入了不可理喻的事态中。檐廊犹如飞机跑道一般贯穿方格纸,地下室宽敞得令人误以为是体育馆，鸟笼子依然保持着比每一间屋子都大的空间。相反地，起居室、厨房、餐厅被挤入了昏暗的房子最里面去了，家人都悄无声息的，一筹莫展。唯独小鸟们鸣叫个不停。

"真是对不起啊，让你久等了。"

"没关系的，请尽情地画吧。"

"方格纸够吗?"

"够，放心吧。"

编辑呼啦呼啦地打开一卷方格纸，麻利地用透明胶带黏合着。他丝毫不打乱我不断拓展平面图的节奏，准确把握时机，在正确的方位拼接着方格纸。宛如配合多年的搭档一般，我们俩埋头于这样的作业。

卧室、盥洗室、橱柜、书房、庭院……

"再坚持一会儿就好了，应该能在哪结束的。整个房子的构造都在我的脑子里呢，既然能够收入我这个小脑袋瓜里，所以，不是多么豪华的房子。"

我用拳头敲了敲脑袋，听到了含糊不清令人烦躁的声音。

此时，方格纸已然覆盖了整个桌子，仿佛铺了一块硬邦邦的桌布。无花果树已经退到了远处，连树梢都看不见了。铅笔芯唰唰的声音，橡皮擦纸的声音，切断透明胶带的声音，房间里静悄悄的，只有这些声音交替出现。编辑已经不再说话了。

储藏室里打成捆的妇人杂志、卧室地毯上的污渍、盥洗室镜子上的裂璺、下雾的早晨院子里必然长出的蘑菇，我把它们一个接一个地呈现在方格纸上。比例尺什么的已经不重要了，我尽情地画着，我痛痛快快地画个够。没有任何可以让我畏惧的了。

"啊……"

我突然发出叫声，编辑吓得把透明胶带掉在了地上。

"我忘了画祖母的房间。"

啊，太出丑了。竟然把最重要的祖母的房间给忘了。我停下笔，往回寻找该房间所在的位置，往回倒方格纸。我记得是在走廊的尽头，浴室的后边，面朝庭院的房间。方格纸沾上了桌上的灰尘，且七扭八歪净是褶皱。一直倒到电话间、客厅、书房，虽然是刚刚画的，却飘散着令人怀念的气息。

"啊，对了，就是这里。"

我找到了要找的地方，在那里画了个小方框。只有这个房间合乎比例尺。因为那是家里最小的房间，比任何一个壁橱都小。

在那个房间里，祖母和两个人一起生活。是两个女子，名叫和子和阿音。和子和祖母年纪相仿，阿音二十多岁。在孩子的眼里，这三人保持着微妙的平衡，和睦地同住在一个狭小的空间里。

其实两个人的名字是我随便起的，她们的真名我到现在也不清楚。同样，对她们三个人的关系，也很难以朋友或亲戚这类简单的词解释。只能说是非常亲近的关系，除此之外没有其他合适的表达。

内向的祖母几乎很少走出房间，随着年龄增长，脊背越来越弯曲，身体越来越缩小，与狭小的房间更加协调了。我甚至会想，或许她是想让自己的身体尺寸适应房间的狭小吧。她唯一的兴趣就是弹古琴。弹琴也一如她的性格，音色内敛，常常被小鸟们的鸣叫声盖过。只有一个朝向庭院的小窗户，房间里总是昏暗的，家具也只有一个旧橱柜。靠墙壁立着的古琴，比起主人来，比起和子和阿音来，具有更大的存在感。而为了不碰到橱柜，可以把它平放的位置，只有房间的对角线上了。

一放学，我就直奔祖母的房间，去拿零食。祖母从橱柜里拿出点心袋，往纸巾上倒出一些来，再给我沏一杯苦涩的粗茶。点心的种类丰富，有金平糖①、炒蚕豆、江米条、羊羹、梅子糕、豆沙包、醋海带、麦芽糖、烤年糕等等，每种点心都仿佛被遗忘在抽屉最里面好多年似的，包裹着孤独。所有的点心都饱饱地吸收了黑暗，给牙齿留下冰冷的感觉。它们含着让人联想到灰尘和霉菌的淡淡香味儿，这香味又给糕点整体的味道平添了品之不尽的韵味。我成了这可怕点心的俘虏。长大成人之后，我也特意把买来的点心放着不吃，无视食品有效期，直到其酿出独特的烂熟味道之后，才会吃掉它。

"好吃吗？"

"嗯。"

我吃点心的时候，祖母做针线活，和子和阿音目不转睛地看着我。和子一副无精打采的样子，而阿音则浮现出阴险的表情，她们的视线绝不离开我的嘴。我们也想吃点心，为什么不分给我们一点，求求你了，只给一口就行……看她们的眼神，仿佛在这样哀求似的。

---

① 金平糖，将冰糖在水中溶化后煮干，加入小麦粉制成的表面有小疙瘩的日式糖果。

"祖母，和子和阿音她们……"

"没关系，不要在意，吃你的。"

无论两个人怎样责备，祖母都不为所动，只是淡然地将针尖在头发上抹了抹，舔舔唾沫捻了捻线，接着做起针线活来。她总是用皮筋紧紧地系着点心的袋子口，好像在说："我宝贝孙女的点心，怎么能被其他人夺走呢？"

我把小手指伸进荞麦点心圈的窟窿里，轳辘轳辘转两三圈之后才放进嘴里。受潮后的点心粘在牙膛最里面，我受不了这种淫邪的感觉，尽可能延长咽下去的时间。

尽管祖母说不要在意，可我还是不能不注意那两个人。她俩是交替出现的，不能一起出现。以夏天出现的时候居多。天气寒冷时，祖母开始穿长袖后，她们就退到那里面去了。两个人的脸色都很难看，就像荞麦点心圈似的黄土色。皮肤粗糙，皮包骨头，干巴巴的，两个人就住在祖母的右胳膊肘里。

祖母伸直右胳膊的时候，和子就从重叠了好多层的褶皱中间露出了脸。她一向是没有任何预兆，却很清晰地出现在祖母圆圆的胳膊肘上。祖母一弯曲胳膊，那褶皱的皮肤便被抻直，于是骨头凸显出来，与此同时，阿音登场了。祖母咔嚓一声使用剪子剪断丝线，或往上引线，或把备用针插在针包上的时候，和子和阿音就会你出来我退去地频繁交替。

"哼，就不给你们吃！"

我故意显摆地说，把第二个荞麦点心圈放进嘴里。和子长长叹了口气，阿音咂巴着舌头。

可是，我忽然担心起来：自己这样气她们，回头祖母会不会被她们欺负啊？祖母一年年地缩小，莫非是被此二人吸收了营养吧？琴声那么小也是因为这个缘故吧？我不由得产生了疑问。慌忙悄悄地目测起了和子和阿音的尺寸来，发现她们好像也在随着祖母缩小而缩小，才放了心。

夕阳从小窗户微微照进来，我们四个人在小屋子里以各自的方式自在地一起度日。祖母和我并肩坐在靠着墙壁的古琴后面，和子和阿音也平等地分享着有限的空间，确保着自己的位置。没有人到我们这里来。除了鸟叫之外，所有的声音都远去了。其他家人对于祖母右胳膊肘的秘密一无所知，根本想象不到在这个房间里竟然挤着四个人。

"祖母，我可以摸摸吗？"

"哦，可以啊。"

无论我对祖母请求什么，都没有被拒绝过。祖母停下做缝纫的手,将右胳膊肘伸到我眼前,弯曲又伸直。我捏了捏胳膊肘,又用食指摸了摸。两个人好像发痒似的,又好像不舒服似的,扭歪了脸。胳膊肘上的斑点和污垢给她们的表情增添了更复杂的阴影。

她们在最终来到祖母的右胳膊肘之前,不知经历了多少苦难?我调出曾经读过的所有小说的各种场景来想象。当然也包括居里夫人为了忍受寒冷,背着椅子学习的场景——那是会让脸变成土黄色的苦难。

不过现在已经没事了,祖母的胳膊肘是安全的。我最后抚摸了一下她们俩。和子和阿音都很温暖,那触感在我拿起第三个荞麦点心圈之后还一直留在手指上。我猛地把荞麦点心圈塞进嘴里,一瞬间陷入了把她们两个人吞进去的错觉中。我焦急地捏住喉咙,却看见又开始做针线活的祖母的右胳膊肘上,她们仍然待在那儿呢。

祖母最后几年,陪在她身边的只有和子和阿音两个。无论家人对她说什么或是我去她那里拿点心,祖母都听不见,眼睛总是盯着自己的右胳膊肘。橱柜里的点心们忍受不了长时间的存放,砂糖开始融化,粘在口袋上,或是播撒霉菌,或是变成小苍蝇的孵化所。不过,我感觉那些就如同一天天衰老下去的祖母这个人一样，怎么也不忍心扔掉点心。

"那么，怎么办呢？啊？就是，就是。"

祖母对和子和阿音说话。

"哈哈哈，没错。真行啊！不过，我说你呀，还不能放松哦。"

祖母有时笑，有时闹别扭，有时悲伤，有时又会同情谁。

"唉，虽然辛苦但也是没办法的。度最重要。你肯定可以的。"

家人都以为祖母在自言自语，说些莫名其妙的话，只有我一个人知道不是这样的。祖母的话被右胳膊肘吸了进去，右胳膊肘发出的声音只进入了祖母一个人的耳朵里。和子和阿音虽然被塞在日益缩小的右胳膊肘里，但她们哪里也不去，耐心地陪伴着祖母。

祖母的琴声越来越小，直到听不见了。看上去她还在弹拨琴弦，却没有发出一点声音。我朝房间里一看，见祖母撅着屁股，俯身在琴上，瘦小的后背微微摇晃着。看到她这个样子，家人都以为她忘记了怎么弹却还硬要摆出弹琴的架势，很可怜祖母。其实，祖母是在为和子和阿音两个人弹琴呢。两个人低着头，很入神地听着。正好是夏天，她们的表情我也看得很清楚。

秋天到来之前，祖母死了。和子和阿音也一起死了。

"对了，我想起来了。苔藓料理店的老妇和旅馆的女主人，长得很像和子和阿音！"

我不禁喊道。编辑停住了正要去拿透明胶带的手，向我投来警惕的眼神，明显地露出我什么也不想听了的厌倦神色。也是，要是说起苔藓料理店的故事，肯定需要很长时间。

"对不起，没什么。好了，全都画完了，我儿时住过的家。"

编辑哗啦哗啦地卷起长长的方格纸，声音格外刺耳，动作很粗暴，也不管会不会撕破它。无花果树、鸟笼子、古琴都被一个个卷起来，渐渐被吸进遥远的一个点里去了。

"非常感谢您！"

编辑出于礼貌鞠了一躬，离开了房间。

你知道吗，这个世上没有一个人想听你的故事，所以不要自以为了不起。

每次采访之后，我必定会这样大声告诫自己，今天也如此。

(原稿三枚)

次日（星期三）

傍晚时分，我一边做晚饭一边看地方台新闻。新闻最后的节目"新叶"开始后，我就端坐在了电视机前。这是介绍当天出生的婴儿的节目，虽然只有一分钟左右，我总是一边垂泪一边看。

婴儿那湿漉漉的头发、脸上浮出的毛细血管、鼻头上的脂肪颗粒、无所顾忌的哈欠、小小的指甲、手背上的凹坑、纱布的婴儿服、脚脖子上的蒙古斑、大黑眼珠……这些都令我流泪不止。煤气炉上的锅已经沸腾，溢了出来，我也不管，仍然在哭泣。我用溅了油点的洋葱味儿的围裙擦眼泪。

无论哪个孩子，我都觉得像是自己非常熟悉的婴儿。不管是男孩还是女孩，不管是不足一千克的早产儿还是超过四千克的大婴孩，也不管是自然分娩、剖腹产还是被产钳夹出来的，都没有区别。所有的婴儿都是我的婴儿，是我以前扔进长着无花果树的井里的婴儿。我这样想着，哭泣不已。

我把昨天写的三张原稿扔掉了。

（原稿零枚）

十月某日（星期日）

　　今天去临街的 L 小学参观运动会。今年已经参观了 T 保育园、J 小学、O 幼稚园，原本只要再去一个 H 学园，当初的目标就算完成了。可是，H 学园突然开始施行 ID 卡，凡是没有此卡的人一律不得入内。

　　在校门外，站着保安公司的两个保安和教导主任。用天蓝色的绳子，把装在塑料夹里的 10cm×7cm 左右的四方形卡片挂在脖子上，胸前啪嗒啪嗒作响的人们全都昂首阔步地往里走。他们仿佛在告诉别人"我是真真正正打了保票的人，压根儿没有任何一点好怀疑的"一般，挺着胸抬着头，给门卫瞧一眼门卡。"好的，看清楚了。您是得到了承认的人。"貌似这样说着，门卫恭敬地低头施礼。那个了不起的人胸前的门卡更响亮地啪嗒啪嗒蹦跶起来，他也不摁住门卡，消失在了校门里。

我站在路口的水泥围墙边观望这个情景。水泥围墙墙体冰凉，四处墙皮脱落，接缝里长出了青苔。几位家长抱着装有摄像机、垫子或便当的篮筐，从我眼前走过，朝着H学园走去。没有人注意我这个紧靠着水泥围墙的大妈，我低头看着自己什么也没有挂的可怜的胸前。

是找个后门进去呢？还是混在一群人里进去呢？或者想办法搞到一个因某种原因多余出来的ID卡（例如，虽然被发了门卡但突然死掉的某个祖母的门卡）？我并非没有这样的打算，但是我不想引起事端，便默默地撤退了。本年度初定下的缜密计划，要尽可能多地看看运动会，只因为那样一个薄薄的卡片，都被打乱了。实在太屈辱。

我看了看周围，在多处阴影里，也站着一些和我一样处境的人。她们也是躲在过街天桥边上、电线杆或自动贩卖机后面，恋恋不舍地望着H学园的校门。不用说，她们的胸前也没有挂东西。

与之相比，大方的L小学就让人欣喜了。装饰着手工假花的校门大敞着，我在入口处拿到日程表。这是两折页的天蓝色日程表，封面是五年级男生画的啦啦队。万国旗迎风飘扬，石灰在空中飞舞，雪白的帐篷映衬在蓝天下。麦克风的声音和孩子们的喧闹声以及进行曲声混合在一起，随风旋转。每一个孩子的运动服都非常干净，仿佛都散发着洗涤液的香味儿；运动鞋上用黑碳素笔写着各人的名字；红色和白色帽子的松紧带都系得紧紧的。在 L 小学进行的，正是真正运动会本来该有的模样。

对于既非母校也非自己孩子的学校的运动会，有什么必要去看呢？为什么翘首以待地盼着这个运动季，到附近学校去搜集有关信息，尽可能参观多处的运动会呢？对这些问题，我尽量不去思考。随便编个理由是简单的，但我从没费心地想过一定要研究出个所以然来。当然也没有人问我这个问题，因此完全没有必要思考为什么。

最初的契机，大约是十年以前，我搬到了一个很小的无证保育园对面。一进入九月，就传来了鼓乐队、体操或做游戏的彩排声音，起初我只是觉得听着很可爱。每当从超市买东西回来时，隔着铁丝网看到他们排练的样子，我就忍不住停下脚步看起来。到了运动会当天，从对面传来格外喧闹的声音。跟我没什么关系，我对自己这么说。可是，有什么必要犹豫呢，不是近在眼前，就装作散步时顺便去瞧一眼是不会有问题的，我也会这样说服自己。

最终我还是恍恍惚惚地被吸引到保育园去了。为了装作散步路过的样子，我戴着草帽，腰上别着万步计。

我的运动会冒充家属之行由此开始了。我很自然地融入了家长们之中，没有人怀疑我，戒备我。虽然有人会想：这个面孔我没见过，一定是哪个孩子的母亲或者祖母吧。不过我没有给人搭话的机会，所以倒也未曾陷入过窘境。短短时间内，我便掌握了人虽在那里却仿佛不在那里一般，潜藏于人们视线缝隙中的技巧。

我只是观看运动会，没有其他奢求。就站在家长席的边上，可能的话在攀登架或游泳池的更衣室后面，从人墙缝隙间观看节目。发生点小意外就微笑，为激烈的接力比赛鼓掌，总之和其他父母没有任何不同。

L小学的运动会，第一个节目是广播体操。最近采用西式舞蹈作为各自预备操的学校也很多（比如H学园），但L小学仍然保持着正统的广播操的传统。

从一年级一班到六年级四班，每班各男女两行，共计四十八行，纵向十五到十八人，按照从低到高的顺序排列。单数年级是红帽子，双数年级是白帽子。七百多人能够表现得这样整齐划一，每次我都为之震撼。队列最前头是一条直线，没有一个人的脚突出，实在不简单。从前方到后方，再从一年级到六年级，这样的两个平面形成了绝妙曲线。加上红色和白色的色彩对比，这一切都让我陶醉。

而且大家一齐做广播体操，就更是壮观了。尽管号称体操，我并不认为对身体锻炼有多大作用。想出变换体形编排成操的，到底是什么人呢？转腰、分腿、伸展胳膊什么的，都是在日常生活中根本用不着的动作。并且还不能达到展示隐藏的肉体美等目的，简直就像是在试验人到底能够做出怎样奇怪的动作似的。

但是孩子们都做得非常认真。他们都使劲张开两条胳膊和大腿，不抱疑问，不问目的，只是按照规定的动作做下去。犹如把广播体操设计者秘密教给他们的信号向宇宙发出一般，奉献着自己不成熟的身体。为了读取那信号，我更加认真地凝神注视。

自编舞蹈（三年级）、班级接力赛（五年级）、滚大球（一年级）、骑马打仗（六年级）……节目一个个演下去。无论是认真创作出的戏剧性自编舞蹈，还是决一胜负的接力赛都各有各的魅力。但比较起来，我还是喜欢拔河或扔沙包等朴实的节目，尤其憧憬的是扔沙包。每当观看 L 小学的扔沙包时，我就特别想要成为那个支撑高高的篮筐杆的人。

一定很费力气吧？不过既然是女老师担当的，那么我也应该没有问题吧。弓着腰，两腿稳稳地站在地上，为了使篮筐固定在空中的一个点，两手必须不停地调整用力的程度。脚底会感受到孩子们胡乱蹦跳的震动。眼睛往上看的话，能看见空中有无数交错飞舞的抛物线。为了捡沙包，孩子们拼命地爬来爬去。观众和孩子们都全神贯注地看着篮筐，没有工夫思考它能够保持直立不倒是谁的功劳。有时候，沙包会掉到我头上。沙包里面是什么呢？红小豆？海绵？旧布头？要是红小豆就好了。砸到头顶上的是难以判断软硬的沙沙的触感。沙包变成扁平的，从头发上滑下来。

是谁砸到我的呢？我环顾四周，只看到孩子们的脚跑来跑去，根本不知道是谁。正瞧着的时候，又不知从哪里飞来一个沙包。孩子们的脚脖子都很细，脚踝就像核桃那么小。我尽可能缩着身体，好看得更清楚些，拿着篮筐杆的手更加用力了。尘土在飞扬。

那些核桃哪个都可以，真想剜两个，在手里把玩，我心里想。他们的脚踝虽小，硬度肯定没有问题，凹凸感好，仿佛在悄悄跟我打招呼似的，发出细微的声音。

好啊，往我身上多多扔沙包吧！老师一定告诉你们，扔沙包比赛就是尽可能把沙包扔进篮筐里。其实不对。应该是尽可能往我的头上扔，扔得最多的孩子获胜。

孩子们仍然在兴高采烈地跑来跑去。他们那么认真地在扔沙包，想必即使没了脚踝应该也不会发现吧。

午休时，我在家委会的义卖帐篷下面买了热狗和酸奶，坐在百叶箱后面吃了。运动会冒充家属之行最需要注意的就是午休时间。孩子们都分散到各自家人所在的地方去，在校园各处吃盒饭。所有的孩子都和认识的人在一起，没有孩子跑到我身边来。为了不让周围人注意到这一点，我必须特别小心。

有过多次经验的我，敏捷地把握了一个要点，就是要让 A 群的人以为我是 B 群的，让 B 群的人以为我是 C 群的，让 C 群的人以为我是 D 群的。校园虽然很大，但我所需要的特定地点并非哪里都有，要想发现它，就需要具有反射神经、敏感性和勇气，以及不让别人察觉自己计谋的表演能力。

一如往年，家委会的热狗很好吃。洋白菜切得很细，面包潮乎乎的，芥末很浓。可以说在义卖处买午饭是连接我和 L 小学唯一的纤细纽带。给热狗付钱时，一想到"啊，这样可以为 L 小学多少做些贡献"，便涌起一股微小的喜悦。我一边想象着自己支付的钱转变成红小豆沙包的情景，一边吃热狗。

百叶箱被剥落的油漆和鸟粪交织成的图案覆盖着。到了下午，阳光变得更加火辣，百叶箱的阴影根本遮挡不了，我把草帽的帽檐往下拉了拉。

像我这样参加运动会冒充家属之行的都具有看破同类的能力。虽然父母和教师们绝对看不破我们，但同类的眼睛是瞒不过的。

第一次意识到她们的存在时，说实话，我很紧张。一方面是自以为运动会冒充家属之行创始人的自负被打碎，另一方面是对他人参与到这个隐秘营生里来而生出警惕之心。

但是不久就明白了，她们对我不构成任何影响。一个运动会里大约会有两三个这样的人，年龄三十到七十岁，跨度很大。但毫无例外都是女性，打扮朴素。当然都是独自一人。

"看样子你也是?"

"是的，你的眼光没错。"

"果然……"

"那么，你也是?"

"是。"

"是嘛，回见。"

"再见。"

四目相对，互相确认时，只是用目光这样对话一两秒，绝对不直接交谈。对方不希望交谈，因为是同类自然心知肚明。啊，她又来了。即便这么想，也只是这样想想而已，不会采取进一步的行动。反而为了保持距离，说不清谁主动，会相互远离。

后半程第一场比赛，是父母和教职员工拿着勺子托球的接力赛。我发现在围着缠头巾手里拿着勺子于操场大门处排成一队的父母中，有一个同类。早就知道，有着和我一样渴望参加那样比赛的同类，虽然和我的风格不同。我梦想扶篮筐的杆子，却没有采取任何实际行动，和我相反，她们是非常积极的。在入场口附近转来转去，主动要求参加，终于抓住了难得到手的机会。

她们为什么这么热衷于参加比赛？为什么不能满足于观看比赛？这方面的缘由我不太清楚。大概是想要在运动会的中心尽情地释放吧。明知是虚无地挣扎，也要加入 L 小学的圈子里去，哪怕是一瞬间也要忘却自己是落魄人的事实吧。

不管怎么说，参加勺子托球接力赛的她，仿佛在说我怎么能放弃已经抓住的机会呢，紧紧握着勺子，已经开始做屈膝活动了。看年龄约莫四十五岁，有点胖，没有化妆，烫发几乎没有花儿了。也许是没戴胸罩吧，运动衣内的胸部快垂到肚子上了。

勺子里的乒乓球有一点风就会被刮跑，飞落到各个方向。亲眼看着自己特别熟悉的老师和父母不知所措手忙脚乱的样子，孩子们异常兴奋，跺着脚发出说不清是声援是哀叫还是欢笑的声音。扩音器里播放的音乐更加煽动起焦躁的心情，使得气氛愈加高涨。校长先生的乒乓球飞得老高，家委会会长在拐弯的时候摔了跟头，做饭的大妈头戴三角巾迈着搞笑的步子，收获了众多的掌声。万国旗捆成了一团，某个班的孩子因贫血晕倒了，坐在来宾席的议员强忍着没有打盹。播音员把音量拧到最大，摄影师一刻不停地按着快门，救护员把贫血儿童送往保健室。这期间人们也一直在疯狂地呐喊着。

因此，当轮到同类出场时，没有人关心此人是谁的母亲或奶奶，得到了和别人一样的声援。她没有求速度，只是盯着勺子，把重点放在勺子的稳定性上，蹭着脚往前推进。脸上晒得通红，满是尘土的裤子松松垮垮，表情非常严肃，仿佛在说：我不会在这里给大家添麻烦，请让我尽到最低限度的义务吧。

结果，父母方以微弱的差距获胜。同类的身影混在退向退场口的人群中，一下子消失不见了。根本无法知道她后来去了哪里。

比赛快要到尾声了，因吸入手上的汗水节目单封面都变皱巴的时候，由四年级学生进行的化装赛跑发生了意外的状况。

"有戴草帽的人吗？"

一个娃娃头女学生跑进了家长席。

"需要一个戴草帽的人，戴草帽的人。"

周围人的视线一齐朝我投来，我吓了一跳。尽管知道这么做也是徒劳，还是躲在了百叶箱后面。

我一直尽量悄无声息地躲藏着，大家究竟是什么时候注意到我戴着草帽的呢？一听到"戴草帽的"，大家为什么立刻指着我呢?

"她就在那儿。"

"百叶箱后面。"

"那个人，戴着草帽呢!"

大家异口同声地喊叫起来。我更加使劲地抓住台子。奶瓶、老花镜、粉饼盒，借各种各样东西的四年级孩子左冲右撞地乱跑着。

"你就去吧。"

一个不认识的人推着我的背，是一个腰粗体胖、涂着红艳艳口红、声音沙哑的女人。

"不要磨蹭了，赶紧去呀!"

我想要逃到台下去，却被不知从哪里伸过来的好多条胳膊牢牢抓住，根本不能动弹。

"对不起，请原谅。要不，把这个草帽借你们用好了……"

"不行，我们需要的是戴草帽的人。"

她大概是个学习好的优等生，或许是学习委员吧。娃娃头女孩子口齿清晰、声音清脆，宛如法官朗读判决书一样宣告。我身不由己地被推到了娃娃头女孩子的面前。

我们手拉着手从人群中自然让出的一条通道，走进了操场中央。发觉操场比观看时要大得多，已经无路可逃，火辣辣的太阳当头照。我旁边是那个女孩子。即使隔着运动服，我也能看出她的肩膀圆乎乎，活泼地不停地动着。我尽可能不去看她的脚后跟。

难道说小学四年级孩子的手都是这么小吗？我小心翼翼地握着那只手，和她那豪迈的宣言实在不相称、就好像在进化途中停滞了似的小手。每当娃娃头一摇晃时，就能闻到一股甜甜的汗味。

在那以后的事情，说实话，我都记不太清了。在女孩子的指示下，我骑在三轮车上，女孩子拉着系在把手上的绳子往前跑。没有了油的三轮车，每蹬一下就发出嘎吱嘎吱的声音。把手根本不听指挥，越是用力就越是不走直线，拐来拐去的。四周发出的笑声和起哄声化成巨大的旋涡覆盖了我。太阳毫不留情地照在头顶上，风停了，终点还很远。

当时，女孩子麻木了似的拼命拉拽绳子。于是后轮抬起来，前轮前倾，三轮车翻倒了。笑声更加高涨。我从三轮车上摔下来，趴在操场上，万步计滑落在裤子和内裤之间，草帽也掉了。

操场上的土是温热的。我的手掌嵌入了沙粒，两腿扭曲成怪异的角度，嘴唇也擦破了。说不定感觉温热的并非地上的土，而是自己的血呢。透过尘土，我看到突然间变得轻快了的三轮车，被娃娃头女孩子拉拽着，弹跳着冲过了终点。抱着奶瓶、老花镜、粉饼盒的孩子们，一个个踩着草帽跑了过去。那草帽已经几乎看不出原来的形状了。

　　一回到家，我就把《L小学第四十二届运动会节目单》放进了文件夹里。好像是摔倒的时候，在口袋里被压的，它已经变得皱皱巴巴的。这褶皱反而成了令人格外愉悦的韵味，给厚厚的文件夹增添了富有魅力的亮点。

　　我一边祈祷L小学不会在明年导入ID卡制度，一边沉沉睡去。

（原稿零枚）

次日（星期一）

　　今天下雨。不是一般的雨，是瓢泼大雨。我很庆幸昨天没有下大雨。

我打开了昨天得到的化装赛跑的参赛奖。袋子里面有练习册一本，TOMBOW 铅笔三支，橡皮一块。练习册的封面上印着棒络新妇①的照片，里面是 8×8 的方格子，在每页的左角上都留了个盖章的四方框。纸色有些发黄，格线是天蓝色，看着很柔和的色调。我削铅笔（转笔刀不知哪里去了，怎么也找不到，没法子只好去厨房用菜刀削的），写了几个字看看，笔芯滑溜而轻快，清晰地留下了黑粉的轨迹。而且橡皮也很不错，没有糊弄孩子的草莓味或是各种刻意的形状，是真正地道的橡皮。用它崭新的角擦去刚刚写的字，出现的是纯粹蜿蜒的橡皮屑。用于擦去错别字的橡皮产生出这样纯正的橡皮渣滓，这让我看得入了神。

要是在这个练习册上写稿子的话，即便写不下去的长篇小说大概也能成功写出来吧。我忽然想到。毫无羞耻感地使用大格子练习册的话，应该可以写出很棒的作品吧，一定是这样的。绝对不会错。然后自己给自己摁一个花朵形印章。

---

① 棒络新妇，一种蜘蛛。

我对自己的主意很满意。参加化装赛跑真是有收获，我感到很高兴。

（原稿五枚，写在练习册上）

十一月某日（星期四）

我发现了晚报上关于剽窃作品的报道。是有关某市议会议员的玻利维亚视察报告几乎完全抄袭某大学教授的论文得到证实的报道。据报道，当初在议会质询时，该市议会议员矢口否认该质疑，直到对其视察费用早有质疑的市民团体举出了该报告书87%的内容与某教授论文完全一样的具体证据时，他才承认了抄袭并表示道歉。

"由于认识不足和意志薄弱导致这次错误，非常抱歉……"

报纸上赫然登出低头道歉的该市议会议员和87%部分被荧光笔涂色的视察报告的照片。

市民团体的举证虽单纯却很严谨，逐字逐句地对比视察报告和论文，对该市议会议员的抄袭无一遗漏地进行了追究。荧光笔画得笔直，就连每一个标点符号、句末的一个字都不放过。

犹如火山喷发一般，犹如流星群逼近一般，我总感觉作品剽窃也是周期性出现的，这莫非只是我的错觉吗？刚被揭发的时候，会被大肆炒作，倘若是知名人士的话，就更加热闹了。悔过、后悔、声讨、眼泪、否认、辩解，各种各样的表现让人目不暇接，但最终发展到审判地步的情况并不多，往往是不了了之，渐渐地从新闻中销声匿迹了。然后持续安定一段时间。滑稽的是，就在已经没有人再想起那个剽窃事件最后怎么样了的时候，如同在等待最佳时机似的，又爆发了新的剽窃。

画家剽窃摄影构图，本刊记者剽窃其他报刊的栏目，大厨师剽窃餐馆的菜谱，设计师剽窃弟子的设计，随笔家剽窃报刊投稿等等，五花八门的组合。有的当事人很痛快地道歉，也有的发表个人艺术论抗争到底。因此，人们津津乐道于有关剽窃的新闻。每当一次喷发，一阵流星雨过去之后，人们会暗自期待下一次会是什么花样的剽窃。

啊，我也想抱有那样的期待，要是能够那样该有多么轻松啊。我害怕听到剽窃的新闻，哪怕是听到或看到"剽窃"这个词，嘴唇就会哆嗦。这并非是因为预感到自己有朝一日也会进行剽窃的缘故，而是因为我已经在进行剽窃了。

十几年前的初夏，从马赛机场登上去埃克斯·普罗旺斯的巴士时，一看坐在旁边的男人，我立刻意识到他是个有名的作家，因时差而迷糊的脑袋一下子清醒了。有名的作家，对，是有名的作家。作品被翻译成各国文字，世界上无论多小的书店里都摆放着他的书，得了好几个文学奖的那样级别的作家。我的书架上应该也有。虽然没有见过他本人，但多次看到过作家的近照，所以错不了，肯定是他。

想到这里时，我突然呆住，因为想不起他的名字了。

这是怎么回事呢？已经到了嗓子眼，可就是出不来。不过，一时的遗忘是常有的事，待会儿自然就想起来了，我并不感到焦急。离埃克斯·普罗旺斯还有近一个小时的路程。

那个有名作家好像也是一个人旅行，他把柔软的旧背包放在脚边后，就把一只胳膊搁在窗边，一直眺望窗外。从地中海射进来的光线，将他凹凸有致的侧脸映照得更加清晰，浮现出与有名作家相称的沉稳。从微微开启的窗户缝隙间吹进来的风，吹拂着他额前的深褐色鬈发。

看本人比照片英俊得多，个子很高，肌肉发达。一想到和这样有名的作家几乎挨着肩膀比邻而坐，我就因这一偶遇的宝贵，激动得快要崩溃了。我假装望着窗外，为了尽量多地用余光捕捉有名作家，我将半个身子靠在扶手上，以不会引起他怀疑的程度不时地偷窥他。

可是，他到底叫什么呢？仍然想不起来他的名字。我逐一回想家里藏书的封面、最喜欢的小说情节、登在报刊文艺栏里的最新书评，甚至想起了出版社、出场人物的性格、写书评的人，唯独关键的名字依然沉淀在沼泽的深处。

与此相反，窗外的海面碧波万顷，清澈无比。不知何时，大海与望不到边际的天空重合了，在耀眼的光芒中相互融合，闪烁不停。巴士另一边是连绵的山脉，裸露的岩石苍白而干燥，从风中摇晃的橄榄树林中，可以看到星星点点的橘黄色屋顶的别墅。巴士上坐满了学生、老夫妇和观光客，大家都在聊天，唯独有名作家和我的座位静悄悄的。

不久，他从背包的口袋里掏出一袋零食，靠着窗边吃起来。咯吱咯吱，声音很好听。香味随着飘过来。是经过烤制撒了盐的葵花子。这葵花子是多么适合有名作家的零食啊。奶酪咸饼干或巧克力棒不行，更别提薯条等了，太没品位。要说还得是葵花子，我钦佩不已。

不过，我现在更得小心，不要让他误会自己眼馋了。我并没有眼巴巴地瞧着你吃，更没有觉得肚子饿想跟你要葵花子，我只是在欣赏法国南部的风景而已，所以请不用顾忌我。为了发出这样的信息，我绷紧了全身的神经。

有名作家很绅士地把手伸进袋子里，用食指和拇指捏起两颗瓜子，几乎不张开嘴地塞进嘴唇里。听着被咬碎的声音，就知道他的牙齿是多么健康了。他就是用这些手指写小说的？我不由得凝视着他的手指，是修长骨感的手指。不知他是使用打字机、电脑还是手写呢？不管是哪一种，正是这只手写出了那样优美的小说，这一点是毫无疑问的。我趁着风声发出了一声轻微的感叹。他的侧脸依旧是轮廓鲜明的，除了下颌微动之外，眼珠和睫毛、嘴唇都一动不动。看样子他并非在发呆，也不是陷入沉思，而是将身体轻轻滑入了风景的缝隙之中。葵花子无穷无尽，一个接一个地消失在了他的嘴唇里。不知何时巴士离开了海滨大路，穿行在橄榄树林中了。被车轮碾碎的果实，给路上留下了黑色的痕迹。路标上写着"Aix-en-Provence（埃克斯·普罗旺斯)"。

为什么就是想不起来呢？我越是着迷于他安静的样子，就越是焦躁起来。之前只是通过看书知道的伟大作家现在近在眼前，甚至能听到他咀嚼东西的声音，我竟然想不起他的名字，简直不可理喻。他有着很棒的名字，不知是父母给他起的名字还是笔名，总之是应该堂而皇之印在封面上的、记录在历史上的、肯定不会消失的名字。我从 A 到 Z 想了一遍英文字母，还用片假名一一过了一遍。说不定哪里有他的缩写呢，于是用眼睛查看他的背包和鞋、上衣。可是一切都是徒劳。巴士抵达了法国梧桐环绕的埃克斯·普罗旺斯市政府前的广场。

下车时，我下决心跟他说话。恕我无礼，您莫非就是有名作家吧，我很喜欢您的小说。惭愧的是，其实我也是个写小说的人。多年来一直非常崇拜您，没想到今天能够见到您，真是太荣幸了。要是不嫌弃的话，可以跟您握个手吗？不不，即使沾着葵花子油也没有一点关系。这样反而更好，能够沾沾您充沛的灵气，会对自己也能写出好小说来产生自信心的。请您答应我好吗……

被其他乘客推着往前走，下了车，我刚想对他说的时候，有名作家已经不见了。乘客们都等着从车身下面取行李，却看不到他的身影。按说我的视线一刻也没有离开过他，可是皮背包、葵花子、油腻腻的手指都找不到了。

回国之后，我当然查阅了他到底是谁。比起在巴士里来，家里的线索要多得多，按说应该可以即刻解开这个谜。打开行李箱时，却发现在埃克斯·普罗旺斯的车站售货亭买的纪念品葵花子，不知怎么袋子破了，葵花子散落在洗漱用具、药品、脏内衣、牛仔裤、旅行手册等等所有物品的上面。我有点不好的预感。

首先在书架上寻找，从这头到那头，一本一本地翻看，这样来回找了五遍；为免遗漏还移动书架，查看了和墙壁之间的缝隙。并且，我去了趟图书馆，对管理员说明小说的梗概和有名作家相关的所有信息，请他在电脑上进行了检索。我还翻阅了比电话簿还厚的《现代作家人名录》。给编辑、喜欢看小说的朋友、亲戚、恩师，所有的人打了电话。

在这些过程中，我隐隐感觉到了问题：恐怕怎样查找都不会有结果的。在巴士里那样鲜明地浮现在脑海里的他的书，书架上没有。电脑画面上，除了一行"找不到相关信息"之外，没有任何消息。电话里，对方都重复着一句"对不起，帮不上忙"。《现代作家人名录》里登载的都是和有名作家似像非像的照片，其中虽然也有几个人注明找不到照片，但是都是像 J. D. 塞林格①或斯蒂文·米尔豪瑟②那样的人，绝对不是我要找的有名作家。

我越是拼命寻找，有名作家越是沉入沼泽深处。一边吃葵花子，一边眺望地中海的有名作家被埋葬在阴冷的泥沼里，再也没有可能浮上来了。漩涡余波中会不会漂浮上葵花子油呢，我不死心地盯着水面看。然而，那里仿佛包裹着黑暗的面纱一般寂静无声。

我写了一个短篇小说寄给文艺杂志，是在用尽了一切办法仍一无所获之后的事。我十分流畅、轻松自如、泰然自若地写了那部小说。以往我总是步履沉重，垂头丧气，一边叹气一边吐出一个个词来，即便如此仍然没有自信总是在同一个地方磨磨蹭蹭。这次竟然这样迅速地完成小说，实在是一件值得惊讶的事。

我的心情非常好，斗志昂扬。在我面前出现了一条笔直的路，被柔软而清香的草覆盖的、任何人都会忍不住迈

① 杰罗姆·大卫·塞林格（Jerome David Salinger，1919—2010），美国作家，他的著名小说是《麦田里的守望者》。
② 斯蒂文·米尔豪瑟（Steven Millhauser，1943—　），美国当代作家。

出脚步的路。出场人物的声音可以清晰听到，他们的服饰、身影、手势、风向、风景，所有的一起都已经在面前准备好了。道路的尽头是什么样的呢？那里隐藏着怎样的秘密呢？我都看得清清楚楚。这是多么愉快的心情啊。我只要把我所看到的照直写下来即可，没有必要添加什么新的东西或剪掉什么多余的内容，也不需要担忧自己若是犯了什么天大的错误可怎么办。因为那是已经完成的世界。我以从未有过的力度深深地吸了一口气，半闭着眼睛，嘴角浮出微笑。

就这样我吸吮着剽窃的蜜汁。给文艺杂志寄去的短篇小说，是照搬以前看过的有名作家的某部小说。虽然哪里也找不到那本书，但我的记忆中确实收藏着那个作品。一旦将其取出来，题目、情节自不用说，从场景转换到出场人物们的口头禅、家具的摆放等等，一切的一切都复苏了。我如同把书放在旁边，一字一句地抄写一样。

我为什么要做这样的事呢？很难说明理由。我当然知道这是可耻的行为，而且也非常清楚无论蜜汁多么甘甜，那同时也是毒药的味道。但是，我仍然把稿子投进信箱里。摁下快递的印章，邮票的胶水还没有干透，信封滑进邮筒细长的入口里去了。只听到沉重的啪嗒一声。

也许是因为宁可这么干，我也想知道有名作家的名字吧。有一天，当看过我的小说的某某人揭露"这和某某的小说不是一样的吗？这是剽窃"之时，便是终于弄清楚他的名字之日。即便我作为剽窃的作家，被谴责、被审判、被要求赔偿、被轻蔑、被所有出版社禁止出入，所有作品都被销毁、下架，但作为补偿却可以知道他的名字，能够从沼泽深处挖出他来。

但是迄今为止没有一个人意识到。每当有不认识的人寄信或打电话来的时候，我都会想，是不是有人发觉了？但都是与此无关的事情。非常偶尔地，来参加签售会的粉丝或报纸文艺记者或杂志记者会对我说："你的作品里，我最喜欢那篇小说。""那是一篇好小说。看完之后，好久都沉浸其中。""看一次后绝对不会忘记。"……我不知对热情地说这些话的人们回答什么好。我在感受到罪恶感的同时，被未能出现共享秘密的人这一孤独打倒，做出似微笑似叹息的暧昧表情。

有名作家现在仍然在世界的哪个地方旅行吧？一个人坐着巴士，一边吃着葵花子一边眺望风景，到了一个新的城市，便悄然混入人群，趁着大家都没有注意到时消失不见了。然后乘坐下一辆巴士，让旁边的人吃一惊，让人们确信这个人就是有名作家。让旁边的乘客回味读他作品时的感动,让其回想书的分量和翻动纸张的声音以及装帧的图案。本该忘却的故事从记忆的洞穴里涌出来,令人心生怀念甚至流泪——深深铭刻在自己心里,不多嘴,不抱怨,在黑暗中一直守候至今的故事。现如今,有光照在它的身上。

乘客便低头致敬,朝着那位没有名字的有名作家。

我把某市议会议员的剽窃报道剪下来,贴在剪报本上。正好用完了最后一页,所以准备一个新的剪报本,在封皮中央用尖头万能笔写上"剽窃 No4"几个大字。这样就安心了。即便什么时候发生下一次火山喷发、流星雨降临,我也不用担心。

(原稿零枚)

十一月某日（星期一）

　　和母亲乘地铁去百货公司。打算给母亲买一双出门时穿的鞋，就是受邀去一流法国餐厅时穿的那种鞋。无论是谁，一看就会发出"哇，这鞋真高级啊"，母亲也不禁自豪地说"是女儿挑的"。想买一双那样的鞋。

　　星期一上午，一层的鞋履卖场空荡荡的。店员无所事事地在打扫沙发上的灰尘，或是摆正鞋拔子，或是擦镜子。望着好几个鞋架上满满当当排列着的皮鞋，只觉得眼晕。无论有多少双，我能看上眼的也不过一两双，想到这里不由打起精神来。

　　那个，虽说可能会脚疼，不过，还是有点跟儿的好吧？

垫上鞋垫就行了。小腿绷紧了，姿态很美呢。虽然有点胖，但母亲的脚脖子很细，真是幸运，好羡慕呢。颜色自然是黑色的好，最好是皮革的光泽能够从里往外透出来的那种深黑色。挑好了皮子的话，就不用其他多余的装饰，剩下的就是线条了。这要看从脚背到脚尖再绕过脚踝包裹整个脚后跟的线条，是不是优美呢？

我拿了一双鞋放在地上，轻轻地将左脚伸进去试了试，终于勉强把脚塞进硬邦邦的形状里去了。感觉五根脚趾好像惧怕似的缩着肩，紧紧地互相依靠在一起。长筒袜松松垮垮，显得特别傻气。看了右脚上的标价后，我把它放回了鞋架。没有一个店员过来。

合成革的不行，还是得真皮的。那个，翻毛的也挺好的吧？这双说是翻毛小羊皮的，手感特别好。恨不得想拿着蹭蹭脸呢。复古的感觉比较优雅哦。说不定打理起来很麻烦吧？像下雨的时候什么的。回头问问店员吧。啊，等一下，这双也很漂亮。用带子固定脚脖子的，这样可以突出妈妈自豪的脚脖子呀。很有女人味儿，肯定适合你。

我大致选了三四双，摆在沙发跟前，依次试穿。每双都感觉不够亲切，脚尖充斥的空气凉飕飕的。客人依然寥寥无几，店员都百无聊赖的。由于照明太亮，眼睛都睁不开。

我们走遍了卖场的每个角落，让母亲试穿了各种样式的鞋。意大利的、法国的、德国的、牛皮的、鹿皮的、鳄鱼皮的、老字号品牌的、新款的、限量款的……鞋的种类繁多。我们在卖场的镜子前试鞋，用着卖场中的鞋拔子。

我觉得有点累了，去上面休息休息吧，然后再下来。放松过后肯定就会发现喜欢的鞋了。

乘自动扶梯去了六层，走进了大卖场角落的和式茶屋。对于虽然喜欢和果子，却不喜欢喝咖啡的母亲是最合适的。在大卖场里，正在举办车站遗失物品甩卖活动，一个个筐里高高地堆着雨伞、雨衣、圆珠笔、钱包等等。

妈妈，想吃点什么？还要那个小豆沙？偶尔尝尝别的吧。蕨菜糕或是凉拌葛根粉丝什么的，还有应季的豆沙栗子呢。喝什么茶好呢？有点想喝烘焙茶，不过玉露也很好喝啊。

"您是一个人吗？"

我在入口看样品时，端着托盘的店员问道。我默默点点头，被引到了靠窗边的小桌子。

"要什么呢？"

"蜜豆和煎茶吧。"

店员一边朝着后厨大声说着"蜜豆一份",一边走进去了。

我喝了一口水,把手伸进裙子下摆,拽了拽松弛的长筒袜。

然后没有再返回鞋履卖场,直接回家了。

(原稿三枚,写在练习册上)

次日(星期二)

我去了医院。住院楼西栋 222 房间,母亲正在睡觉。大概是护士刚刚用纱布给她擦过吧,母亲的脸颊很光滑,气色不错。我在圆椅子上坐下,看起书来。不愧是西栋,病房里充满了夕阳照进来的光。锈迹斑斑的储物柜,涂料剥落的洗脸池,书页,床铺,无不被夕阳的光笼罩着。每次翻页时,光线也随之慢慢地小幅度弯曲。

床铺下面摆着母亲的皮鞋。魔术贴式易于穿脱的鞋子,鞋底加了防滑垫,非常宽大,消毒液的气味深深渗透到了里面。只有这一双鞋。

我又低下头去看书，合着母亲的鼻息翻着书页。

（原稿零枚）

十二月某日（星期一）

上午，办事处生活改善科的小 R 来了。像往常一样，他右手拎着装满文件的皮包，左手提着小号的盒子。

"最近怎么样啊?"

"谢谢，挺好的。"

"那个长篇小说，还在写吗?"

"断断续续吧。"

"预定什么时候出版?"

"还没有具体预定……"

"秋天出去采风了吧?"

"是的……"

"这样的话，剩下的就是把它不断写出来了。"

"说的是……"

在小 R 面前，我说话的声音变小了，因为害怕自己的种种劣迹败露不由得收紧声带：比如写作止步不前的事，吃了青苔的事，煤气费迟交的事，因为给野猫喂食和邻居争执的事，往邻居的自行车车座上吐唾沫泄愤的事，随便乱闯小学的事，从大件垃圾堆里把电水壶偷拿回家的事等等。其实，我真正担忧的并不是丑事败露，而是怕小 R 因此在办事处的处境变坏。

"每天的生活规律吗?"

"尽可能规律。"

"无论做什么工作，都要在固定的时间起床，在固定的时间坐在办公桌前，这一点比什么都重要。"

"你说得对。"

"特别是像你这样的工作。如果只是等着写出东西来，到什么时候也写不出来的。老是拖拖拉拉的，怎么能创作出来作品呢? 这不是白白浪费时间吗?"

"你说得太对了。"

"不管怎样，要坐到办公桌前。写得出来写不出来，写什么怎么写都不是主要的。要不管三七二十一把自己拽到桌前，绑在椅子上，再多绕几圈，让自己不能轻易挣脱出来才行。至少要表现出这样的决心来。"

我的声带越收越紧，泄漏出来的只有呼呼的叹息声。没办法，我只好站起来去沏茶。

小R虽然是前年大学毕业后刚刚在政府部门就职的年轻人，却有着比我更高的见识。无论遇到什么事，从不惊慌失措，能够沉着应对。他个子很高，差点就碰到门框了。腰围也很粗，坐在沙发里显得很挤，让人过意不去。他总是穿着薄薄的灰色袜子，薄得能看见脚背上的汗毛。

他长得五官端正，眉清目秀。由于每个部位都不喧宾夺主，知道自己的分寸，所以整体比例非常匀称。倘若本人不在场时想画他的素描像是比较困难的，但是，当他的脸呈现在你面前时，你会发现那是一张越仔细打量越让人感兴趣的面孔。

每月一次，小R来家访之日，我都专门为他准备一种红茶。去站前商城里的某专卖店挑选最高级的茶叶，只买二十克。那个店里的茶叶，都被起了稀奇古怪的名字，比如"仙女的羽音""珍珠贝的眼泪""彗星的残香"等等。

我买的最高级茶叶，它的罐子上贴着"结草虫①的盗汗"的标签。

估摸着电水壶的水快开了，我就小心翼翼地把"结草虫的盗汗"放进茶壶里。茶叶干燥得跟解剖后的结草虫留下的草叶毫无二致。从大件垃圾堆里捡来的电水壶非常给力，内壁上覆盖的一层铁锈之前被我拼命擦掉了，没有漂浮在水里。不多久，与最高级茶叶相称的香气便扑鼻而来。

现在，被裹在草叶里的香味儿被释放出来了。发酵的枯叶、干枯的小树枝、细菌的尸骸、唾液、体温、呼气，这一切都被"盗汗"吸收、浓缩，达到极致后慢慢被释放出来了。来自地下深处，经过漫长的时间终于抵达终点般的清香。这正是小R的气味，我心里想。

"谢谢。"

小R不放牛奶也不放糖，端起滚烫的"结草虫的盗汗"就喝了起来。

"请看这个。"

看到他喝完一杯茶之后，我开始汇报一个月的工作

---

① 结草虫，昆虫名，亦称"结苇"。体形圆长，暗黑色，常缀叶片、小枝、树皮等为巢，被于体外而匍匐爬行。

成果。

"这是什么?"

抱着生活改善科职员忠于职守的态度,小R问道。

"是练习本。"

我相信勇于挑战新事物的此举,对于小R回头写的家访报告应该是有加分作用的,所以挺着胸脯回答。

"并没有谁规定小说必须写在稿纸上,突然有一天我意识到了这一点。这个练习本意想不到地好用呢!写字的格子大,看得清楚,纸的光滑度也正适合,还有很多余白,让人的心情也得以轻松起来。再加上,你看,这里有个四方框,可以盖章呢。"

"给我看看。"

小R接过本子,一页一页地翻看起来。这种时候的小R绝不着急,贯彻着"现在我的时间只为你服务"的态度。让人感觉仿佛只有自己才受到这样特殊的待遇似的。不过,我是成年人,明白这不过是错觉。我知道小R负责的其他人,和我一样需要改善生活的走投无路的人们,全都陷在这样的错觉之中。

"不行。"

翻完了所有的纸页,把落入装订线缝隙里的橡皮屑全部抖落到地板上之后，小 R 说道。

"要是依赖这种东西的话，做不好工作的。"

"不行吗……"

"到底是在哪里弄来的这种本子？"

"这个，啊，小学门前的文具店里，一般都有卖的。"

我顿时有些惊慌。

"你想想看，这本子一页是 8×8，不是只能写 64 个字吗？是 400 字稿纸的 4/25。写 64 个字，就换一页，这样感觉进展很快。但是，实际上，写了 6 页还不满 1 张稿纸呢。你明白吗？"

小 R 心算也很棒啊，我心里赞叹。一边自己用除法计算 64 和 400 的关系，可是算了一半就糊涂了。

"不应该这样孩子气地、轻松地追求成就感。"

"好的，我明白了。不过，小说内容，你觉得怎么样呢？字数虽少，还是相当有吸引力的开头吧……"

"还有，这是这么回事呢？"

小 R 打断了我的话，指着左下角问道。

"啊，那个是，为了表扬写出了一页，我自己盖的章……"

小 R 移开了视线，按着太阳穴，长长叹了口气。我闻到了"结草虫的盗汗"味儿。那是在文具店买的,用日语假名写着"很好"的花朵形印章。

"我跟你说啊,"

小R挽起胳膊,再度把视线投向我,之后上半身使劲往我这边探过来。我的心跳越来越剧烈了。

"自己表扬自己,意欲何为呢?给你表扬的只能是读者,是看你的小说的读者,仅此而已,难道不是吗?"

我只有默默地点头。

"这个本子我就没收了。"

练习本敏捷地滑进了鼓鼓囊囊的、仿佛没有一丝缝隙似的文件包里,从我眼前消失了。

"可以再来一杯茶吗?"

小R举起了茶杯。

"当然可以。"

我慌忙站起来。直到最后,小R对于内容也没有发表一句评论。

小R写报告的时候,我得以无所顾忌地观察他的脸。机关文件都很细致而烦琐,再加上小R的一丝不苟,这个过程每次都格外花费时间。从家访的时间到天气、室内状况（垃圾袋是否散乱、水槽里是否有没洗的餐具等等）、被访者的服装、化妆的程度、声音的高低、家庭账本、收据甚至冰箱里面的库存，检查的项目很是繁多。

我常常感到奇怪，检查这些到底有什么用呢，但嘴里不会说出来。因为是生活改善科，当然会涉及生活的所有方面，我对自己这样解释。不知道这些项目达到多少个"〇"① 之后，小R的家访才能结束呢？这也是我非常在意的问题。我希望小R能够长久地家访下去。然而，前提是必须确保一定数量的"〇"以免让他完全放弃，我又一次下定决心。

小R的左耳耳廓比右耳向内卷曲得更多，发旋的中心有些头皮屑，右手无名指有咬过倒刺的痕迹，嘴角沾着一片"结草虫的盗汗"的茶叶，每当画"〇"的瞬间，喉结就高高鼓起……

我又有了几个新的发现，未曾被小R的其他家访对象注意到的发现。我刚想扬扬自得，成年人格立刻出来了，告诫我"千万不要这么自鸣得意"。尽管被我这样从耳廓到

① "〇"，日本习惯在选项后面画"×"或"〇"表示错对，其中"〇"基本等同于中国的"√"。

喉结地细细观察，小 R 丝毫没有发觉，专心填写好报告。

"好了，在这里盖吧。"

他让我在文件的最后盖个章。按说应该好好看一遍内容，有什么错的地方就提出来，可是面对小 R，我根本不可能提出这样的异议。我只是朝文件上扫了一眼，就稀里糊涂地盖了章。当然不是练习本上的那个花朵形印章，而是刻着我名字的正规印章。

我喜欢看着自己的名字和小 R 的名字并排的样子。小 R 的印章比我的大一点，印泥也更多，没有一点缺陷。相比之下，我的印章就仿佛体现出主人的性格似的，颜色深浅不一，轮廓模糊，显得没有自信，而且是歪斜的。我低着头，不好意思看小 R，那章看起来就像一个快要绊倒的笨拙的人。

即便如此，我们两个人仍然并排着。在《生活改善调查报告》的最下方，红色的圆形印章紧挨着。没有任何东西插入两个人之间。

"好了。"

确认印泥干了之后，小 R 小心翼翼地将文件折叠起来塞进信封里以免弄皱，并用茶色的细绳在封口绕了个"8"字。我屏住呼吸看着它和练习本一样消失在文件包里。仿

佛稍不留心说出什么话或身体某个部分乱动弹一下，一切
都会搞砸似的，我专心致志地等待着接下来应该发生的事。

"这样就可以了。"

这个月也平安无事地填写完报告盖了鲜艳的印章后，
小 R 心满意足，搓着两只手。

"那么现在开始吧。"

我仍然没有发声，点了点头。小 R 把手伸向了小号的
盒子。

按说生活改善科的职员在家访时吹小号是违反规定的，
然而对一切循规蹈矩的小 R 不知怎么唯独对此采取了灵活
的姿态。有一次，小 R 偶尔拿着送去修理的小号来家访，
我说"可否请你吹一曲呢"，于是这就成为了开端。从那以
来，每次家访，他在完成报告之后演奏一曲便成了习惯。

我一向不敢随便说话，因为只要开口，往往会说些不
该说的话，将事态引向不好的方向。但唯独那个时候，确
确实实道出了金句，连自己都为之感慨。

"可否请你吹一曲呢？"

我微微低着头轻声说道，估计对方勉强能够听见。那
是自己唯一一次主动向小 R 请求一件事。

最初，我不知道那个黑色的四方盒子里装的是小号。与小R的性格相符的中规中矩的立方体，似乎一碰它，手指头都会被染黑似的深黑色。它就像是婴儿的棺材一样静静地躺在小R的脚边。

"今天的题目是俪虾。"

小R一边取出小号，一边说。他向来都是吹奏自己创作的曲子，大多以海洋生物为主题。

"那是什么虾呢？"

盒子里，呈现出与小号的轮廓完全一致的空洞。

"生活在一千米深海底的海绵的伙伴。你知道偕老同穴海绵吗？"

我诚实地摇了摇头。

"别名叫'维纳斯的花篮'，纤维状玻璃构成的圆筒形生物。"

"玻璃构成的也是生物吗？"

"它从海水里摄取硅元素，从而形成玻璃骨片。"

小R一边讲解，一边转动部件或试着按那三个键。

"寄居在偕老同穴海绵的圆筒中，也就是它身体内侧的虾就是俪虾。"

"是不留神进去的吗？"

"不是，是自愿的。两只幼小的俪虾从偕老同穴海绵的气孔侵入，长大，不知何时身体比孔眼还要大了。于是，它们俩被封闭在海底深处的玻璃圆筒里，共度一生。"

"哦……"

我太感动了，不禁发出愚蠢的感叹声。

"它们是一雌一雄吗?"

"当然了。"

小号准备就绪了，小R俨然走向舞台中央一般，飒爽地站在了窗边。

"下面请听《俪虾的宇宙》。"

报幕的同时，他开始了演奏。

说实话，我几乎没有在听演奏。当然，小号的声音进入了耳朵，但没有余力去把它当作音乐来欣赏。小R创作的这个作品从类型来说近似爵士乐，他使用了高难度的技巧，这些对我都没有意义。我的全部神经都集中在感知小R这件事上了。

小房间里立刻充满了小号的乐曲声，仿佛要将我们俩覆盖。我一直误以为小号是勇猛的乐器，但小R的小号却是更为柔软且艳丽的。尽管演奏出的音符各种各样，小R用到的却只有右手的三根手指。其他七根手指都不争风吃醋，全心全意为那三根手指效力。

从背后射进来的夕阳的光，将小R的西服和小号的银色都一点点染成了橘红色。吹小号时，小R似乎显得更高大了。脸颊鼓鼓的，嘴唇贴在很小一个地方，目光投向很远的地方。他的身体没有大的动作，只有操作乐器所必需的部位微微在动。

这是多么完美的乐器啊。如果让我说世界上最完美的东西是什么的话，只要举出小号就足够了，每次我都这样着迷地想。曲线与直线的联结、大胆与纤细的调和、金属与肺部的融合，所有的一切都无可挑剔。

我思考起了偕老同穴海绵和俪虾。在凹凸不平的深海荒原上，偕老同穴海绵扎下了根。在潮水流动中，它摇曳着圆柱形的身体。海水形成的玻璃纤维很细，有规律地互相缠绕着，形成了犹如蕾丝犹如骨片的图案。太阳虽然离得很远很远，但乳白色的玻璃丝蕴含着微弱的光，给黑暗送来了一点温暖。

还有俪虾。下决心将自己关闭在摇曳于浩瀚大海里极其微小的圆柱中，它们平静地看着自己的身体一点点长大直至不能钻出玻璃丝的缝隙。它们在深海生物的内脏里找到了不需要任何其他东西的、只属于彼此的宇宙。

乐曲哗啦哗啦地达到了高潮。现在我和小 R 都被音乐的面纱包裹了。用一个个音节编织成的面纱从脚下、从头上飘忽忽地向我们迫近。

啊，我意识到自己和小 R 就像俪虾一样潜入小号之中了。我们一起肩并肩隐藏在小号里，不让其他受访者或者办事处的人看见。微弱的光线透进来，眼睛看到的东西都在摇晃，外面的世界逐渐远去，这一切都和偕老同穴海绵里完全相同。小 R 的唾液使得小号里不似深海地温热，他的呼吸吹乱了我的头发。我们漂浮在音符的海洋中。闭着眼睛，放松身体，我被小 R 的唾液一圈圈缠绕住了。犹如被绑在椅子上一样，犹如被层层封住的信封一样，犹如盗汗的结草虫一样，一动不动地被封闭在小 R 的身体里。

"今天让您费心了。"

"下个月，我还会来看你。"

"好的，请多关照!"

我们在玄关郑重其事地告别。

小 R 在夕阳中回去了。右手拿着文件包，左手提着小号盒子的小 R 的背影被夕阳吞没，渐渐地看不清了，最后消失不见。

我一直盯着小 R 消失后的那个点。即便天色已黑，即便寒风吹拂，即便被下班回家的邻居侧目，我也不畏缩。只要拼命收拢、编织耳朵里残留的音乐，做成圆柱，钻进去的话，就不会觉得寒冷也不会害怕了。

（原稿零枚）

十二月某日（星期三）

"素寒贫心会"寄来了入会许可的通知书和会员胸章。我寄去申请表已经过了好几个月，差不多不抱希望了，所以很感意外。

　　敬启者　谨祝时下日益康泰。关于您多日前提出希望入会一事，经过慎重审查，兹同意接纳您作为正式会员加入本会。恭喜您！能够迎来您为同道之一，我会深感荣幸。从审查花费如此长的时间一事便可知晓，我会并非简单地追求会员人数的增加，也并非单纯以贫困为标准。如果是那样的话，很简单，只要审

查存款单就可以了。我们追求的是，举例来说，饿死的修道僧人遗体发出的爽快感、在无风之夜孤独倒下的老树的清洁感、咽气瞬间有机物被完全分解后只剩下灵魂的死亡。我们衷心希望与追求这些的同志同舟共济。最后，衷心祝愿您事业有成，身体康健！

特此奉告。

追加　会章和会员纪念章同信寄上。

素寒贫心会秘书处

会章

一、本会的正式名称是"素寒贫心会"。

二、不收取会费。

三、不设代表、副代表、会计。

四、主要活动是每四个月一次的例会和会报发行。

五、会员纪念章要经常佩戴，通过触摸和观看，谋求会员之间心的交流。

会员纪念章是黄铜色的，直径一厘米的圆形，雕刻了一只臭鼬鼠。就连臭鼬鼠背上的白色条纹图案、毛茸茸的尾巴、尖尖的胡须，都被精致地刻画出来。它的尾巴高高翘起，瞪着眼睛，眼看就要放出臭屁似的。

（原稿四枚）

一月某日（星期二）

公民馆的办公室打来电话，请我去做"梗概教室"讲座，我像以往那样答应了。"梗概教室"虽是市民讲座之一，但是和水墨画、法国刺绣、太极拳等等相比，好像没有什么人气，每四个月到半年才不定期地举办一次。每次的听众只有不到十人。

该讲座的方针是，选取古今东西的文学作品，通过梳理梗概进行内容分析和评论。但是我脱离了公民馆的本意，仅仅讲述作品梗概。就是说，在讲座中只是一味地讲情节，不加分析，也不予评论。

所以什么时候被取消都不奇怪，可是不知为什么，讲座竟然一直半死不活地持续到了现在。想听我讲梗概的人，不知从哪里聚集到公民馆来。我并非讲师，不过是个梗概讲解员而已。我当梗概讲解员始于二十五年以前，比我当作家的时间还久。

最初的契机源自给某文艺杂志的新人奖做审读员的打工行为。作为最底层的审读员，我的工作是给每部作品写出二百字的梗概，不做甄别评价。只看第一行就立刻知道不行的作品、无视主办单位要求的作品、用二十四色蜡笔写的作品、带礼物（照片、蕾丝手帕、干花等等）的作品、摁了血手印的作品、用人的头发装订的作品……寄来的简直是五花八门的东西。可是我全部平等对待。获奖的可能性高低跟我无关，我只要完成写出二百字的梗概这个任务即可。

这个工作很适合我，甚至可以说让我感觉快乐。在那之前，我打过各种零工，总是丢丑露怯，陷入自我厌恶中。与之相比，审读员只要在规定的时间里交稿，笨手笨脚或计算能力差甚至患有人群恐惧症的人都可以干。既不会被人看作笨蛋，也不用给人拍马屁，低三下四。自己和作品，总是一对一平等的。

我很快就掌握了要领。通读一遍之后，整体结构和主要脉络以及由此分出的支流，都透过稿纸大致浮现出来了。同时梗概的全貌也浮现出来，我大概知道该从哪里出发，该朝着什么方向发展了。到了这个时点，即便还有迷雾也不要紧。最重要的是，要潜入水流深处，找到两三个特别的小石子。

说是特别的小石子，也并非是像宝石那样闪闪发光的，它们或蒙了一层绿苔黑黢黢的，或躲藏在水草缝隙间，或抵抗不住激流冲刷在河底滚来滚去的。因此，要特别留意。它们并没有意识到自己成为了这篇小说的重要支点。猛一看，这些小石子躲藏在与梗概无关的地方，而比任何人都早地发现其藏身之所则正是梗概书写员的义务。

梗概书写员踏入水流，轻轻蹲下来，捡起小石子装进口袋里。这就基本等于完成了写梗概的任务。当你把小石子配置到二百字中的瞬间，笼罩在周围的迷雾便烟消云散了。

梗概，顾名思义，自然是大概之梗。不过，倘若一味拘泥于小说发展的脉络，就会变成浅薄而无聊的东西。因此，无论如何需要有个点。即，扔进河流时会描绘出意想不到的水纹的小石子。

发现小石子是我的长项。无论多么无聊的小说，只要是试图通过语言表述什么的作品，必定会有小石子。激流、瀑布、急转弯、漩涡，这些厉害的招数对我不起作用。被遗弃在连阳光都照不到的、冷冰冰的昏暗之处的它们，我全部都救了出来。

不久，我的梗概悄然成为了编辑之间的秘密话题。准确得当，保持严谨客观性的同时，又不失温情。并存于二百字的凝练感和发散性，形成两个矢量，遵循读者的思路，自在地运行。文章丝毫不受作品体裁的影响，一贯简洁。让人一看，便可预想作品全貌，但是又不脱离作品、喧宾夺主，自知自身的分量不过是用订书钉钉在封面边上的一页纸而已。

"多谢你写的梗概，省力多了。"

很多编辑对我这样说。

"不用看作品，只看你的梗概就交差了。"

其中也有人这样悄悄对我说。

从此以后，我在许多新人奖里担任了梗概书写员一职。尽管我做梦都想自己写小说获取新人奖，可是等我意识到时却突然间发现，自己一直在看别人的小说，替他人作嫁衣呢。当然，其间我自己也写过小说，可就是不如梗概写得那么好。

为什么自己这么擅长写梗概，却写不好小说呢？

这个疑问总是折磨着我。有时候，还没有写一行字，我就先写出个梗概，把它用订书钉钉在一叠白纸的第一页上。以为这样一来，就能在梗概的牵引下写出好小说来。结果还是毫无起色。即便要小聪明，将原有顺序颠倒过来，我的才能也不可能产生戏剧性的变化。

偶尔，我也会想，今后就这样一直作为梗概书写员生活下去，或许也是个不错的主意啊。随着约稿量增多，我的水平也不断提高。变得不再犹豫，速度加快，一旦开始写，就如同临摹字画一般一气呵成。凭着直觉我就能找到小石子的位置，而且几乎准确无误。

非但如此，我甚至感知到作品自身在追求着怎样的梗概。迄今为止，我一直努力写出对于审读员或编辑们而言非常合适的梗概，可是，一旦作品的欲求之声开始传到我的耳畔，我便知道那个方向更重要了。

所有的作品都希望有一个最适合自己的梗概。即便是在初选中就被刷下去，被压在纸箱子的最下边再也不会被任何人阅读的作品，也具有被附上梗概的正当权利。封面上需要的不是图省事敷衍而成的内容概要那般肤浅的东西，而是从作品深层打捞出来的一粒结晶那样的梗概。

但是，我的梗概书写员的事业以意想不到的发展走到了终点。因为不知不觉地，我写的梗概比作品本身还要有趣了。

"只看梗概时，觉得全都是杰作。梗概与作品实在是脱节呀。一再遇到令人失望的作品，就不得不归罪于写梗概的人了。真是对不起，这次是最后一次了。"

对我来说，编辑们的拒绝理由完全没有道理。我并没有打算让作品读起来更好的意图，相反，一直是诚实地遵循作品的诉求，试图寻找最为紧密的关联方式而已。然而不知哪里出了问题，似乎越是想接近作品，不知怎么的，梗概就越是远离作品的本质了。

根本没有一介梗概书写员反驳的余地。我无精打采地垂下头："很抱歉，多谢关照了。"说完就挂掉了电话。

离开审读员的世界几年之后，事态又朝着预想不到的方向发展了。一天，出版社的退休编辑给我写来一封长信，问我能不能去拜访一下作家 Z 先生。

当时 Z 先生已经从写作舞台上消失了近四十年，但是他在仅仅不到十年的写作生涯里发表的七部作品，至今依然没有失去光辉。他还活着呀，这是我看到信时的第一感

觉。因为他不但没有新作发表，连采访也不接受，近照也
看不到，被人一直疯传其实已经不在人世了。

"……当然，想必您也读过 Z 先生的小说吧。被比
喻为北斗七星，作为七个奇迹如今成为我们人类至宝的
那七本小说。万一您还没有读过，请马上找来看一看。
附近的小书店，或者街道图书馆的分馆里都肯定会有 Z
先生的书。看完七本小说之后，请您去一趟 Z 先生的家
可以吗？然后，请您在 Z 先生面前朗读一下七本小说的
梗概。

"请您同意我冒昧的请求。我久闻您杰出的归纳梗概之
能力、概括之能力。您的梗概能够赋予小说的魅力以新的
光辉，这早已成为文坛的传说了。这次的请托，并非我多
管闲事，都是 Z 先生的希望。先生说，想要恭听您的梗概，
自己小说的梗概。

"如您所知，先生已经几十年没有发表新作了。对于有
才能的作家而言，这样的空白意味着什么，一般人是不可
能知道的。所以，请不要有什么顾虑，抱着单纯的心态接
受先生的请托吧。

"最后还有一点请您无论如何记在心上。包括和 Z 先
生见面的事情在内，凡是在先生家里看到听到的一切，都

不要对别人说……"

我想象 Z 先生的家是在某个深山幽谷里的小村庄或是海边嶙峋礁石的顶上那样的场所，没想到它就在离市中心不远的地方。走进儿童公园北侧的一大片杂树林，沿着水渠边走了一会儿，过了一个小石桥，就看到了他家的大门。砖瓦门柱上缠绕着木香玫瑰的藤蔓，盛开的黄色花朵简直快要把门扉和门铃都覆盖了。

我们约好，从星期一到星期天，每天按照小说的发表顺序朗读一篇梗概。第一天，我站在他门前时，七本小说的梗概已经全部准备妥当了。与新人奖不同，由于没有规定文章长度，我可以自由地根据每篇小说的情况来斟酌合适的字数。我把梗概抄写在稿纸上，折成四折，塞进七个信封里，每次带着一封去他家。

不可否认，接受这个请托的背后，还有一层面见梦幻般的 Z 先生一探其隐私的欲望。但更重要的理由是，想与已经明确价值的小说而非新人奖的应征作品打一下交道，想知道给杰作添上梗概的话会是怎么样的。

但是，操作流程没有任何变化。通读全篇，寻找石子，安置它们，描摹从水底涌上来的图案。这些就足够了。没有必要因为是 Z 先生，而强行添加不必要的流程。不会因为用力过度，而发挥不出本来的能力。

不过写出来的梗概果然不同，与审读员时期所写的几千个梗概完全是不同层次的东西。我甚至忘记这是自己写出来的梗概，不由得一阵陶然欣喜。将隐藏在小说最深处的、尽管能够感觉到其存在却没有任何人（编辑、读者、作家自己）触及过的结晶毫无声息地取出，无须多费力气，无须多加雕琢，然而最后呈现出的却是比大家预想的还要美丽得多的形状——我这样感觉。

客厅很昏暗。朝南的飘窗上爬满西番莲，正对面一棵快要抵达房顶那么高大的金合欢肆意伸展着枝丫，完全挡住了日光的射入。皮沙发、壁炉、地毯无疑都是上等货，却因为光线问题看上去颇不显眼。除了小鸟飞走后金合欢的沙沙作响之外，没有一点声音。

"远道而来，欢迎欢迎。非常感谢！"

Z先生向我深深地低头致意，说出了第一句话。他的领带颜色素雅，雪白的衬衫上嵌着袖扣，上衣的胸前口袋里微微露出手帕。

据说已经八十多岁了，所以和唯一一张公开的三十多岁时的照片比起来，Z先生自然衰老了很多，英俊的面容已不复存在。但是令我异常惊讶的，是先生那彬彬有礼的做派。从他的第一句话就可以清楚地知道先生既非偏执之人也非孤僻之人。那些怪人、狂人、变态、妄想狂等传言全都是胡说。他怜惜地看着我，就像看着一个虽柔弱但善良的人。不习惯这种温柔的我有些慌乱，脸也红了，竟然不知该说什么好。

"给你出了个难题，对不起。"

"哪里。"

"家里很少有客人来，所以没什么招待的。"

"没关系，请不要客气。"

"已经六年没有打开过这客厅的窗帘了。"

"我很荣幸。"

"你放轻松。"

"好的。"

"梗概不会太枯燥吧？"

"当然不会。"

"我这是第一次。"

先生好像也和我一样紧张。他的嘴唇干裂，手指、肩膀或膝盖，总有一处在微微颤抖着。微驼的后背被包裹在昏暗中，和沙发融为一体，令人几乎分辨不清。

"好了，你想什么时候开始都可以，就按照你自己的方式，你自己的想法来吧。"

先生越发蜷缩起上身，眼睛一眨不眨地看着我。

请不要这样，我是个不值得先生如此温柔对待的人，我只不过是个比较擅长写梗概的无聊之人。请先生挺起胸，拿出派头来。拜托了。因为先生您才是写了那些小说的人啊……我很想这样对他说，想把手轻轻按在他颤抖的肩膀上。

"那么我就开始了。"

我能够做到的，仅仅是尽可能不发出多余的声音，从包里拿出信封展开稿纸。

我开始朗读梗概了。其实即使不看稿子我也能背出来，只是觉得低着头不至于紧张，才看着稿纸的。透过树的缝隙漏进来的一点阳光十分微弱，在先生和我的脚边恍惚摇摆。

我的声音笔直地穿透寂静，被先生的耳朵吸收了。尽管是第一次，多大的声音合适，多快的节奏合适，在哪里怎样停顿比较好，这些我都谙熟于心。仿佛在先生没有发表小说的这些年来，我一直这样朗读梗概似的，一切都是那么自然。金合欢的树梢、西番莲的藤蔓以及包裹着客厅的黑暗，所有这一切都在倾听我的梗概。

在朗读梗概的时候，小说里的各种场景浮现在我眼前。那里面吹拂的风、阳光的亮度、人物的身形、说话的回声，所有的东西都比看书时更鲜明地浮现出来。小说仿佛从书中解放了出来，变成妖精的模样，在梗概的结晶之中跳舞。我的眼睛即便看着稿子，视野一角也能看见先生静静地坐着。先生一直屏住呼吸，紧紧握着颤抖的手指。写小说的人到底是谁的问题早已远去，我们俩都入迷地看着映在结晶里的舞蹈。房子的深处，一直延伸到金合欢那边的绿荫中也没有人，真的只有我们两个人。如同小说和被钉在封皮上的梗概那样，我们紧紧靠在一起。

"完了。"

我折起稿子，放进信封里，递给了先生。

"这个就放在您这里。"

仿佛追逐残影一般，先生凝视了信封好一会儿，才点头施礼，长长吐了口气。

"明天你还会来吧?"

"是的。"

"一定来啊。"

"当然了。"

"我等着你。"

"好的。"

Z先生确认了好几次，每次我都点好几次头。

星期二，星期三，随着日子流逝，我渐渐地为先生只有七本小说，只能写七个梗概，感到遗憾起来。还有五个，还有四个，数着越来越少的日子，心情很难过。我好像陷入到一种被不知名的东西伤害，受到委屈的心境中。

不过，我掩饰了个人的情感，努力专心于履行梗概讲解员的职责。流程一直没有变化。一过中午就去先生家，坐在客厅里，朗读梗概。仅此而已。每次先生都有礼貌地招呼我并道歉说没有什么可招待的，然后倾听我的梗概朗读。金合欢和西番莲挡住光线的情形也同第一次一模一样。我们并没有聊天或扯家常来拉近距离，一直保持着初次见面时的关系，同时以温暖的情怀分享每一部小说。

星期天，仿佛拒绝接受这是最后一次似的，我以平常心朗读了梗概。只是朗读的速度不自觉地放慢了。为了让小说的结晶得到充分释放，我每一行都停顿了不自然的长度。

"明天就没有了吧。"

递出第七封信的时候，Z 先生说道。直到昨天，他都是千叮咛万嘱咐地确认次日是否还来，可是最后一次却没有再说什么话。

不，先生要是再写小说的话，我随时都可以拿着梗概来的。我想要这样回答。可是，看到深深陷在沙发里低着头的先生的样子，就什么也说不出来了。

"如果以后还有需要的话，请随时联系……"

我好容易才说出这句话。先生垂着眼睛，既没有点头也没有摇头，只是蜷缩着身体。他的侧脸呈现出呆滞神色，眼看就会被黑暗吸进去似的。

我们隔着梗概稿子，比前六天更长时间地默默无言对坐着。

我经常思考，Z 先生到底为什么找我写梗概呢？当然，我没有直接问过他，作为介绍人的退休编辑也没有明说过。莫非是想要重新咀嚼自己写的小说的真正姿态，以此获得重新投入创作的勇气吗？我这样想的话，会不会自我感觉太好了呢？

我的梗概没有那么大的力量，这一点很有自知之明。

只是，接触了先生的作品后，我清楚知道了，优秀的小说会立刻和梗概融合在一起结成密不可分的关系。新人奖的梗概越来越游离于作品，与之相反，优秀小说的梗概会越来越贴近作品。对于先生的七本小说来说，我的七篇梗概成为七个三棱镜，这一点应该是没有疑问的。先生那昏花的老眼看到了从三棱镜里反射出来的光，看到了在遥远的过去自己亲手一个字一个字写出来的词语们仍然还没有失去的光。

先生去世的新闻播出，是在我的访问过了两个月的时候。来检查煤气的人发现他倒在庭院里。遗体的一部分被西番莲覆盖，一部分已经腐败了。据说缠绕遗体的西番莲开出了更大的花。总之，先生没有再发表新作。

按说，那个时候我就应该干脆放弃梗概讲解员一职。可是，凡事都优柔寡断的我至今只要接到请托，就会出门接活。一想到这世上的某个地方有人需要梗概，我就无法割舍。尽管数量不多，但必然还是会有因种种原因而需要梗概的人。我觉得能够为这些人奉献出自己的微薄之力，是很幸运的。

"好的，您要觉得我可以的话，我会去的。"

对着公民馆打来的电话，我这样回答。我还梦想着，说不定 Z 先生会悄悄藏在听讲座的人群里呢。

（原稿五枚）

一月某日（星期四）

　　我戴上鼬鼠纪念章初次外出。那天是公民馆的"梗概教室"日。

　　天气很冷，路边结了冰，天空飘着雪花。但是我仍然敞着大衣，没戴围巾，就为了让人看到上衣领子上别着的纪念章。虽然只别了一个小小的胸章，我却觉得特别安心。如果有人想找我，这就成了唯一的标志。如果有谁指着我的时候，那他一定也会转着自己身上的纪念章。我以屁股朝天的架势，挺着胸脯走路。

　　讲座的房间还是在 B 谈话室。B 谈话室是在最里面的一个小房间，空调不太管用。不受欢迎的讲座一般都在这个房间，不过我个人很喜欢。亏了不流畅的空气，梗概能形成旋涡把我们都覆盖起来，远离外面的世界不让人打扰。

今天听讲座的有六个人。有来过的，也有生面孔，全都坐在围成半圆形的钢管椅子上。他们已做好了听课的准备，随时都可以开始。我站在他们面前，说完了今天选取的书名和作者名后，便立刻讲起梗概来。什么自我介绍、谈天气、开玩笑或聊闲天，这类助跑一概没有。当然也不会有任何的幻灯片、讲义、黑板和背景音乐。排除多余的矫饰，只集中于主题，这便是我的授课方法。因此，听讲者没有一个人做笔记或录音的。六个人和一个人面对面，之间只漂浮着梗概。若是不了解情况的人往 B 谈话室里一看，说不定会以为是"催眠术入门"或"自我启发讲座"呢。

到目前为止已经讲过很多本了。小说不用说，传记、游记、与病魔的抗争史、日记、童话、诗集、历史书等等，多种多样。选择什么书由我决定，无论多么不协调的组合（例如《武藏野夫人》① 和《爱丽丝梦游仙境》② 和《弗吉

---

① 《武藏野夫人》，日本作家大冈升平的恋爱小说，发表于 1950 年。
② 《爱丽丝梦游仙境》，英国作家查尔斯·路德维希·道奇森的儿童文学作品，发表于 1865 年。

尼亚》①，还有《奥州小路》②和《阿房列车》③和《窄门》④），都不用担心有人不满。就像乍看没有规律胡乱排列在书架上的书籍们以他人所不知道的关系相互连接着，当几本书的梗概依次排列在一起时，它们便共享了彼此的秘密。

有时候我还会选择只需三分钟就能看完的只有几页的小短文。就是那种一般人认为根本没有必要讲梗概的超短篇，认为有听梗概的工夫还不如直接看来得更快捷的作品。这种作品的梗概，我要花三十分钟讲解。并非添加与内容无关的信息或插入个人的感想，完全只是使用作品里的内容。可是不知怎么，梗概反而比作品要长。而且，越是优秀的超短篇，梗概就越是充实膨胀起来。并没有要求梗概一定要比作品短的规定，在极少的某些幸运场合，只比较长短的话，有可能是相反的。梗概的世界很深奥。比作品长的梗概出乎意料地受听讲者欢迎。

---

① 《弗吉尼亚》，日本作家近藤洋子的漫画作品，发表于 2001 年。
② 《奥州小路》，日本俳句诗人松尾芭蕉的游记，发表于 1702 年。
③ 《阿房列车》，日本作家内田百闲的游记，共十五辑，发表于 1950 年至
　 1955 年。
④ 《窄门》，法国著名作家安德烈·保尔·吉约姆·纪德的作品，发表于
　 1909 年。

甚至有一次，我凭空捏造了一个不存在的作品来讲解它的梗概。并不是因为嫌选书麻烦或时间来不及了而随口胡诌出来的。完全只是为了挑战一下梗概，而发挥了冒险精神而已。不知为什么，即便没有文本，我照样能写出梗概来。那并非是我打算着手的还不成型的小说的梗概，也不是把以前做梦的片断拼接起来的记忆的梗概，纯粹只是为了讲解梗概而编出的梗概。

对听讲者们，出于权宜之计，我随口说这是没有收入全集里的川端康成未出版的习作。没有人对此抱有怀疑。不过，讲完之后，自己感到了平生从未有过的不安。本来应该和作品如影随形密不可分的梗概因我而凭空诞生，它为了寻找绝对不可能遇到的对方，将永远迷失在浩瀚的宇宙里。因此，冒险仅此一次。

如今，我在失眠的夜里，还会想起那个梗概的事。在我不知道的某个城市，落满灰尘的壁橱中有个上锁的抽屉，于它那锈迹斑斑的收纳柜深处，躺着一本没有人知道的小说。纸张已经发黄，被虫子啃食，似乎不小心碰到就会哗啦哗啦碎去似的寂寞的小说。我想，我的那个梗概就是为它而写的吧。

听讲者们到底是抱着什么目的走进这间"梗概教室"

的呢？虽说直接问一下就会得到答案，但是看他们那认真的样子，我就想他们一定有一言难尽的缘由，结果总是问不出口。看着他们清澈见底的目光，我有时会畏缩、呼吸困难，甚至觉得倒不如只是因为"不读书就能写出小论文"这种理由来得更让我轻松。但是我心知肚明，他们望着的并不是我，而是我讲述的梗概之源——文学。我只不过是一条隧道而已。

毫无例外，他们都很认真。为了深藏心中的目的，怀着坚定的意志坐在 B 谈话室的椅子上，甚至没有一个人打哈欠或咳嗽。不知从 A 谈话室还是 C 谈话室传来了手风琴声、打拍子声和笑声，但立刻就被 B 谈话室的寂静所吞没，化成微波远去了。

六个人慎重地踏进隧道。那里幽暗阴冷，看不清顶有多高出口有多远。但他们六个人坚定地一步步前进，因为相信，回响在黑暗中的我的声音将带领他们前往正确的地方。

终于，看见了隧道出口的光。微弱的一个小光点渐渐膨胀，变亮了。它刚照到六个人的脚边，便把他们一下子运送到隧道那头去了。那里就是书的世界，是即便不翻开书页，只要通过梗概这一特殊隧道就能到达的地方。他们将在那里体会到什么，我无法知晓。为了不打扰他们，我一直静静地等在隧道这头。

"今天就讲到这里。"

在说出梗概的结局前，我都会留出充裕的时间以便他们能够获得充分的满足。有人叹气，有人闭目，有人将手抵在胸前，每个人都以各自的方式从仙境、小路或窄门返回了 B 谈话室。大家的神情仿佛刚结束一场长途旅行，靠在了椅背上。

"老师，下次课是什么时候?"

一个人小心翼翼地举起手，不好意思地问道。

"还没定，稍后我问一下办公室。"

我一边把讲课时倒过来的鼬鼠徽章摆正，一边回答。

"下次也是您来讲吗?"

另一人问道。

"唔，不知道啊……"

我含糊其词。

"请您一定要来。"

我露出一抹不置可否的微笑，向他们点头告辞，走出了 B 谈话室。就像堵上隧道的入口一般，关上了门。

从公民馆回家的路上，我去了趟红十字医院看望 J 子女士。J 子女士是"梗概教室"开课以来不曾缺席的学生，但随着病情加重，终于从上次开始不得不请假了。她四十五岁左右，在某著名的音乐厅工作，也是唯一一位我知道上课理由的学生。

J 子女士原本是一位受到众多演奏家信赖的很有才干的翻谱人。但是，在一次世界著名小提琴演奏家的公演中，她翻慢了钢琴伴奏的乐谱。这是她唯一一次的失误，却使她发现自己得了脑肿瘤的事实。本不可能犯的错误，告知了其身体的异常。

最后，手术也没能完全摘除的肿瘤遮挡了视野，影响到运动能力，她无法将翻谱工作继续下去了。即便如此，J 子女士为了养活一起住的老母亲，还继续在音乐厅干杂务。

她第一次来"梗概教室"时，已经被医生宣告只剩半年生命了。为了在剩余的日子里尽可能多地接触书籍，她需要我的梗概。

"晚上好。"

听到我的声音，J 子女士把头向我这边歪了歪，但视线在空中游离不定。看样子，眼睛已经看不见了。

"啊，老师。"

声音也是断断续续，如果不把耳朵凑到她的嘴边，都听不清她的话。

"我刚从教室回来，所以手比较凉，真不好意思。"

我边说边抚摸 J 子女士的头发，指尖稍稍碰到了她的手术伤口。

"谢谢您，特意过来……"

"我母亲也住在这里的西栋住院楼，所以不是特意来的。你不要多心。"

房间是个双人间，非常狭窄。我把大衣脱下挂在床扶手上，拉上了隔帘。旁边病床上的老妇正沉浸在梦乡之中。

"我已经准备好了，可以随时开始。想让我讲哪本书呢?"

"嗯，啊，啊啊啊……"

从 J 子女士颤抖的嘴唇里发出的都是不成声的喘息。嘴角上起的薄皮，像白色的粉砂糖一般凝固着。和嘴唇一道，眼球也在不住地颤抖。

"没关系的，慢慢想。"

我知道，J 子女士有太多想读的书，所以犹豫不决，她正用那双看不见的眼睛寻找那本也许是最后的书。

"什么都可以，不用顾虑。一听到书名，我马上就能说出梗概，让梗概专用的反射神经反应起来。这就是梗概讲解员的工作。和在音乐的短暂间隙翻乐谱是一样的，我想。"

J子女士眼睛的焦点终于对准了我，眨了两三下眼。去除一切杂物可以说变得十分清爽的身体一动不动，笔直地躺着。

"夜与……"

夹杂着含混不清的喘息，J子女士微弱的声音传到我的耳朵里。

"雾……"

说出这简短的题目后，J子女士仿佛胸中大石落了地一般闭上了眼睛。嘴唇和眼珠都已不再颤动，身体里充满了恬静。

"是弗兰克的《夜与雾》① 吧。"

我说。

"好的，我知道了。您选的非常好，最适合在今晚这种

_____

① 《夜与雾》，作者是犹太心理学家维克多·弗兰克（Viktor E. Frankl，1905—1997），发表于 1946 年，讲述了他在奥斯维辛集中营的生死经历。日本译为《夜与雾——德意志集中营的体验记录》，中国大陆译为《活出意义来——从集中营说到存在主义》。

冰冷的夜晚阅读。"

窗户外面蔓延的黑夜，浅浅映照在隔帘上。老妇微弱而有规则的喘息声让我的心平静了下来。我开始讲述起来，将一个个词语沉入 J 子女士营造的寂静氛围中。

讲到从浓雾笼罩的强制收容所回来时，J 子女士轻轻地睁开眼，宛如旅行者一般的神情和那些听讲者如出一辙。就像整理通过长长隧道时弄乱的发型似的，我再次摸了摸她的头发。在讲述梗概的这段时间里，我的手已经变得足够温暖了。

"好了，您休息吧。"

J 子女士从毛毯下伸出右手，想要说什么。

"没关系的，不用强迫自己说话。"

五根手指上有许多紫色的暗沉色素，非常干燥，每根都已经弯曲变形了。

"我随时会再来的。"

我用双手包裹住她的手指说道。

"我随时都可以给你讲梗概。"

有人小跑着经过走廊，旁边床上的老妇仍然睡着，映照在窗帘上的夜色更加浓重了。吸收了《夜与雾》梗概的 J

子女士的恬静变得愈加深沉而透明。我把握在自己手中的J
子女士的手拉到胸前。

　　这时，我发现她的枕边放着一个装有橄榄油的小瓶。
这是她为了随时随地保持指尖湿润而随身携带的小瓶，指
尖湿润才能快速准确地翻乐谱。

　　我打开瓶盖，用手沾上油，将J子女士的手指一根根
都涂满了。只有在我碰触她的手指时，漂亮的肤色才从那
暗沉的色素里浮现出来。从指尖到指根，我更加仔细地涂
抹直接接触乐谱的拇指和食指。不管手指多么弯曲，她的
指腹仍然非常柔软，圆鼓鼓的很可爱。无论面对多少观众
都不曾被注意过，躲在聚光灯照不到的乐器阴影里，柔弱
的指尖默默地不断翻动乐谱，我一边想象着这个场景一边
握紧J子女士的手。

　　"那么，晚安。"

　　突然，J子女士抽出手，伸出食指，抚摸着我别在衣
领上的鼬鼠徽章。刚刚涂抹过橄榄油的食指被牢牢吸在了
徽章上。

　　"是的，梗概讲解员就在这里，就在你身边。"

　　我感受着J子女士触摸锁骨上方的食指，这样说道。

从 J 子女士的病房出来后，我顺便来到西栋看望母亲。看她已经睡下，就没有叫她。

我发现床下的一只鞋歪倒了，便把它摆正。鞋子是冰凉的，母亲已经很久没有穿过了。我无意识地把鞋子的魔术贴粘上又撕开，粘上又撕开。虽然刺啦声很刺耳，但母亲却没有被吵醒。

提着装满要洗的睡衣、内衣和毛巾等衣物的纸袋，我离开了医院。在回家路上，我把大衣扣子全都系上，并不是因为入夜变得更加寒冷彻骨，只是不想让留在徽章上的 J 子女士的温暖消失。

（原稿零枚）

二月某日（星期三）

夜里，编辑部发来一张传真。是明天校正完毕的随笔校样，内容关于水獭的肉垫。

负责该书校对的是个非常优秀且固执，不知妥协为何物的人。TA 是男是女、年轻或年老、瘦还是胖、高音还是低音、自来卷还是直发，因为从未谋面，所以一无所知。不过，从问题点伸出来的笔直线条，问号里出现的圆滑曲线，以及宛如钢笔字教科书一般的好字，都明确显示出 TA 是个无可挑剔的人。只要跟随这位校对就没有问题，TA 给人这种感觉。

最近也是，TA 对于"……我跨在三轮车上，她拉着系在车轴上的绳子"这句话进行了彻底追问。TA 指出,如果把绳子系在车轴上的话,随着三轮车前进绳子会卷进车轮中,无法拉动。还写上了旋转的车轴和水平作用力之间力的算式,代入我的体重(假定为 50 千克)与她的腕力从而验证了将出现的矛盾。旁边还画了个三轮车的插画,由此我知道了这位校对的画画功夫也十分了得。和幼时骑过的仅由铁棍组装而成的质朴三轮车相差无几,我仿佛又感受到了坚硬的车座和车把上橡胶的臭味。

最后绳子系在了车把上。

"OK?"

"OK。"

一直以来,我和校对之间曾多次发送这个信号。关于绳子的系法,"周围"还是"周边","收纳"还是"收藏","注意到"还是"留意到",以及胶带和透明胶带的区别等等,我们每次都用各种"OK"来互相沟通。

这次是关于水獭的肉垫。TA 认为对此的描写含糊不清,甚至可能会与实际情况相反。

"首先,我想有必要先仔细了解肉垫的构造。"

TA 用一如既往帅气的字体写下这句话后,接着用擅长的插画对肉垫的各个部位(掌垫、指垫、足底垫、趾垫、指根垫）进行了说明。线条清楚得令人难以相信这只是一张传真，就连圆鼓鼓的凸起和沾水后光泽鲜艳的样子都展现无遗。

"接下来的问题是，这里出现的水獭是什么水獭。根据种类不同，肉垫的描写自然也会有所变化。"

传真还在源源不断地接收着，肉垫图一张张被传了过来。亚洲小爪水獭、欧亚水獭、加拿大水獭、秘鲁水獭、短爪水獭、黑鹅绒水獭、巨獭……作为参考资料还有蜂猴、豹猫、果子狸、马来熊、跳兔、食蚁兽、霍加狓……咔嚓咔嚓的干燥声音回荡在寂静的房间里。传真机吐出来的纸一张一张飘落到地板上，仿佛在说："平时总是贴在地面上，本应不被人看见的肉垫，现在为什么要将我们这样暴露给人看？"虽然是一副茫然不解的表情，它们却没有抱怨，规规矩矩地排列着。

我拾起一张，用脸颊蹭了蹭那肉垫。肉垫看起来胀鼓鼓的，有一种深邃而柔软的触感传来。

我想着校对，感慨原本一辈子也不会见面的两个人，却毫无疑问地被连接在了一起。现在，在这广阔的世界里对水獭的肉垫绞尽脑汁的人，只有我们两个。

（原稿零枚）

三月某日（星期一）

在车站前坐上公共汽车，前往健康水疗馆。过了国道，从高速公路下面穿过，一直向南行驶，周围景色逐渐变得萧索起来，净是大片的仓库和空地。已经没人下车，车站也没人等车了。乘客都是些穿着厚实的老年人，沐浴在穿透玻璃照进来的日光下昏昏欲睡。

路边出现了造铁厂、食堂、木材放置场，还有垃圾焚烧场、某职业棒球队的单身宿舍、破败的垂钓船。终于，道路被一道防波堤挡住，拐了个大弯，改道朝东行驶。能看到浮在海上的沙石搬运船，以及远处朦胧的地平线。

在倒数第四站的"健康水疗馆入口"处，所有乘客下车后，只剩下司机的巴士沿着防波堤慢慢悠悠地逐渐远去了，不知道前方等着它的车站叫什么名字。

健康水疗馆看起来像个不起眼的事务所或学校。廉价的建筑物据说每次易主都要改建一番，墙上排列着好几根管子，二层建筑和三层建筑的屋顶材料也不同，外墙涂料还薄厚不均。只有招牌巨大而气派，每个字都气势如虹，眼看要喷薄而出似的。"健康"是红色，"水疗"是紫色，"馆"是金色。从排气口喷出的蒸汽味儿和海潮香气混在一起，乘着风袅袅上升。

一起下车的老人们非常熟练地进去在入口处交费时，我看了好一会儿大厅里的介绍板。

"碳酸氢钠天然温泉直流大浴场、侧柏浴池、卡拉卡拉浴场①、巴比伦尼亚浴池、药草浴池、母乳浴池、淋巴液浴池、子宫浴池、泪浴池、木桶浴池、漏斗浴池、缸浴池、漩涡浴池、气泡浴池、爱抚浴池、昏厥浴池。治疗胃炎、挫伤、落枕、抽风、白秃疮、鼻息肉、神经痛、针眼、痔疮、月经不调等。免费租用毛巾睡衣。提供各种人工按摩

---

① 卡拉卡拉浴场，是建于公元212年至216年的古罗马公共浴场，占地面积13公顷，主建筑长228米，宽116米。此处是健康水疗馆内一个罗马式公共浴场的名字。

服务。二十四小时营业，全年无休。"

半天全都泡遍是不可能的，所以，我左思右想看哪个和哪个组合，该按照怎样的顺序去泡，反复看了三次介绍，还是定不下来。就在这工夫，老人们已经办完手续，去了二楼的脱衣处。同车的人全不见了，大厅里空空荡荡的——在下一班车来之前大概一直会是这样子吧。

不过，上了二楼，还是有些客人。有的在按摩椅上打盹，也有的在休息室的电视机前喝着果奶。只是，大家都穿着租用的毛巾睡衣，甚至很难分辨出男女，看上去所有的人都像是体温很高、手脚发胀、移动迟缓的黄绿色生物。

毛巾睡衣的黄绿色简直是独特至极，我曾经见过的任何种类的衣料——无论是医院的睡衣还是保育园的体操服——都没有和它同样的颜色。硬要比喻的话，就像是蔫了的黄瓜色吧。当然了，刚开业的时候，它一定也是色泽明丽鲜艳的黄瓜色。但经过多次洗涤之后掉了色，毛巾圈都拉直了，就出落得十分像蔫黄瓜色了。

当自己穿上那睡衣后，立刻也就变蔫了。不知大家都是从哪里来的，也不知有没有地方可去，无论是男人还是女人，无论是老人还是年轻人，都变成了大同小异的无业游民，光着脚在这个健康水疗馆里流浪。

我先进了大浴池。第一次来到一个地方，还是个必须光着身子的地方，我比任何时候都战战兢兢：担心自己是不是犯了严重的错误，比如用泡脚的消毒液洗眼睛什么的；面对一字排开的水龙头，选择哪个也颇费了一番脑子；摘掉了隐形眼镜看不太清楚，其实水龙头下面的台子上放着毛巾分明标记"这里有人使用"也未可知；要不然就是健康水疗馆的女王陛下最喜欢的水龙头，其他人都是不准碰的，常客们对此都心里有数，我却偏偏挑选了它。

我一边小心地拧开水龙头，一边窥看四周的人，所有的人都一心一意地洗着自己的身体，好像没有人注意我，但是不能大意。"哼，瞧那个傻女人。"说不定有人这样骂我，寻找欺负我的机会。"喂，你让一下！"也说不定有人从我背后走过时，会戳一下我的肩膀。我提心吊胆的，保持着半蹲的姿势，以便一旦发现一点征兆就随时可以从那里逃走。为了尽可能缩短暴露在危险中的时间，我快速地清洗着头发、脸和身体。

泡进浴池里后，觉得稍微轻松了一些。当然还是躲在不起眼的角落里，但这里不像洗身子的地方那样区域划分得很清楚，一旦察觉他人的动作，我可以立刻移动躲避，因此觉得比较放松。

水很温暖，很透明，池底铺着五颜六色的瓷砖。我用脚底探索，感觉到了瓷砖缺损的地方。于是尝试坐着不动向各个方向伸开两条腿，看看能够探索到几处缺损，以自己的方式数着。结果，不是不小心屁股一滑身体沉入水中，就是因腿伸得太直而有些抽筋。我造成的微波沿着池边朝对面涌去。仿佛是为了消除这微波似的，此时一个人进了池子。她怀着敌意般一边溅起很大的水花，一边迈着大步朝中央走去。望着她那高大的后背，我心中暗想，看来太得意忘形了。我再次蜷缩起了身体。

浴池里有三四个人，洗身处有七八个人，脱衣处有十个人，大多比我岁数大。只有一个八岁的女孩子由祖母领着，也不知怎么没有去学校。她们除了老之外，还都很胖。穿着衣服时，我没工夫注意别人的胖瘦，可是到了浴池脱了衣服后，她们身上的赘肉，而且是各具特色的赘肉，让我看入迷了。

首先要数她们的胸部，简直硕大无比。有一个侧身洗头发的女性，也不知道胸前那对圆滚滚的沉重乳房到底是个什么怪物。它们根本不理睬女主人的意愿，兀自不受限制地膨胀，结果无法承受自身的重量，一直垂到了肚脐。我简直不敢相信，它们和自己胸前的是同一种东西。虽然看似圆圆的软软的，却暗藏着非同一般的固执，奶头也好像在跟谁怄气似的。

还有腹部的脂肪。即便是乳房已经干瘪的老妇，腹部依旧赫然隆起着。老妇弯曲的膝盖和腰部保持着绝妙的平衡，甩着一条手巾走在浴池里，对任何人都不避讳。腹部的层层脂肪犹如老树形成的年轮一般，威风凛凛地颤动着。不知是剖腹产还是内脏切除手术留下的，在正中央有一条疤痕。就连这疤痕在脂肪面前也丧失了存在感，仅仅能在层层脂肪之间时隐时现。

那脂肪里面到底是什么，这样的问题早已不值得关心。以前她的腹部里面可能曾经有过婴儿，现在可能残留着切除了三分之二的胃或是只剩一个的肾脏；而一直存在的，只是这些脂肪，别无其他。

八岁的孙女蹦蹦跳跳地跟在老妇后面也走过去了。她就像刚刚脱了皮，一切都勉强处于过渡期的昆虫——比如折叠的翅膀刚刚笨拙展开的蜻蜓似的。两只胳膊细细的，两条腿还走不稳当，而且还湿漉漉的。那是从水虿羽化时带来的湿气还没有干透。

不管怎样凝神细看，少女身体上都没有一点胸部肆意膨胀或腹部镂刻年轮的痕迹。她此时正满脸放光想着该进哪个池子里，连头顶还没冲洗掉的洗发液泡也没有注意到。

大概是眼睛渐渐习惯了，我看清楚了整个浴池的样子。除去朝海一面的玻璃窗外，其他三个方向都排列着好几扇同样大小的门。每一扇门里面，估计就是刚才我看到的介绍板上说明的那些浴池。门都是很结实的木门，上方虽镶嵌着四方玻璃，但由于被水雾覆盖，模模糊糊的看不到里面的情况。出来一个人，进去一个人，再出来一个人，再进去一个人，看样子里面地方不大。门上用链子吊着写有浴池名称的牌子。

每个人都是用手抓住把手，使出浑身力气，好歹推开一条缝，就赶紧挤进缝隙里去。看这劲头，不禁让人担心，万一有人进去以后就再也出不来了可怎么办。不过，即便是岁数很大的老太太，也晃荡着干瘪的乳房，使劲弯曲着身体，果敢地挑战，最终进入想要去泡的池子里。

刚才在我旁边泡澡的人进入了药草浴池；一个洗完头发，头上裹着毛巾的人站在了卡拉卡拉浴场门前；那位巨乳者选择了漩涡浴池——"嘿，怎么没选母乳浴池呢？"我喃喃自语。忽然发现老妇不知何时抓住了爱抚浴池的把手，我吃了一惊。不过，这对她而言似乎是很平常的行为，没有丝毫的犹豫，非但如此，似乎还比任何人都懂得操纵沉重木门的诀窍。以为会跟在老妇后面进去的少女，却踮起脚尖，一个一个地挑选着那些木牌，最后终于选定了一个门。

子宫浴池。

哎呀呀，这个还是算了吧，小姑娘。没有什么好玩的，对你来说太窄了，就像羽化后的蜻蜓又钻回空壳里一样。一旦展开的翅膀，无论费多大力气也不可能叠回原来的形状了。硬塞进去的话，好不容易得到的翅膀就会破损。看形状也知道进不去的，入口太小，都想象不出里面有多深，热水肯定有怪味儿。适合小姑娘的浴池种类不是很多吗？你看，隔壁的泪浴池怎么样？温暖柔滑，你一定喜欢得不想出来，还特别有情趣……

少女根本不听我没有发出声音的建议，走进子宫浴池里去了。

我忽然发现，除我之外，大浴场里已经没有一个人了。大概是在我不知道的时候，有人发出了一个重要信号，大家都服从这个信号分别进入不同的浴池去了，只剩下我这个愚蠢的人。试着抬头朝天井望去，又抚摸浴池的边缘，却什么也没有发现。只听到温泉噗噗冒出的声音，以及不知从何处发出的一刻不停的水滴声，根本找不到可能是信号的东西。

整齐排列的那些门一直紧闭着，不见有人进出，静悄悄的。老妇是否能够享受爱抚浴池呢，少女能否顺利地泡进子宫浴池里呢？我有些担心。

尽管担心，但我的胆子忽然变大了，吸了一大口气，潜入水里。只蹲下去几十厘米，风景就完全不同了。黄瓜色的租赁毛巾睡衣、水把手、女王、乳头、年轮等等全都退到了够不到的远处。我发现池底的瓷砖变成海龟的模样，可惜的是，眼睛部位的瓷砖恰好掉了。不过，它的短尾巴、尖鼻子都很可爱，从甲壳的凹凸到缠在四肢上的海草都细致地表现出来了。我使劲收缩撅起的屁股，更深地潜下去，游着蛙泳追逐海龟，手脚意想不到地灵活。视野很好，甚至可以看到自己吐出的一个个泡泡互相碰撞、合并破裂的样子。我从漂浮着的睫毛、耳垢、眼屎、阴毛、角质等各种东西之间游过去，想要摸到海龟的甲壳。只差一点的时候，身体一翻转，喝了一口水，感觉很痛苦。汤有股强烈的苦涩味儿。不浮出水面的话，就会憋死，虽然这么想，可是我实在不能放弃搂抱那海龟的欲望。我在水里挣扎着，海草摩擦着脖子，很痒。

在脱衣处换了衣服，把浴衣还给服务台，等回去的巴士。这时，我才意识到，那个人一直目不转睛地盯着我。

不记得在大浴场里是不是看到过她，当我突然意识到的时候，她已经在那里了。她正好待在我视野的边缘，一直在观察我，一刻也没有移开视线。穿着廉价的外衣和裤子，围着围巾，只提着一个拼布袋子，烫了花的短发好像还湿着。

我上了车，坐在前面的座位上。隔着通道，她在我的斜后方坐下。很明显，此人并非恰好和我穿衣服的速度差不多，又是偶然同路的。她观察着我的行动，每一步都比我稍微晚那么一点，这个节奏拿捏得令人生疑；而那执拗打量我的眼神，更是要命，让人很难无视她的存在。

我掏出钱包，数出下车要付的零钱，握在左手里。低下头就看到她那双软塌塌的帆布鞋：橡胶底已经磨得不能再穿，脚尖仿佛准备随时冲锋陷阵一般，直直地冲着我。乘客稀稀拉拉的，没有一个人说话。窗外天已经黑透，路灯刚刚点亮。

看来我在健康水疗馆里肯定还是犯了什么错误，而且像这样固执地追到这里来，一定是无法挽回的大错误。是使用了那个不许别人使用的水龙头，租的毛巾睡衣穿得不正确，还是错过了从大浴场里出来的信号，又或者和海龟游泳是违反规则的？

这么说她就是健康水疗馆的女王陛下了？不对，那也太没有派头了。女王亲自制裁这一点首先就不合情理。啊，她一定是女王陛下的手下，像影子似的不起眼却擅长对付制裁对象的手下。

我抬起头的瞬间，和后视镜里的她对视上了——没有化妆，半干的头发肆意卷曲着，脖子上的围巾快要松开。她没有回避视线，连眼睛都没有眨。

暗自思忖，她会怎样对付我呢？我不打算反抗，已经做好了老老实实道歉的准备。因此，即便无法挽回，也只求女王陛下的要求是我能够做到的程度。巴士往北行驶着。离大海已经越来越远了，前方的街灯越来越亮。

我实在忍受不了继续在封闭的空间里如此待下去，便提前两站摁了下车铃，迈着僵硬的脚步下了车。她仿佛事先知道我会采取什么行动似的，不慌不忙地迅速跟在我后面。公交车站位于高速公路的桥墩和钢筋工厂的水泥墙之间，只剩下了我们两个人，很是冷清。

"那个，对不起。"

对方先对我开了口。口气意外地很客气，使我更加紧张了。

"啊。"

脚边吹起了风，在健康水疗馆温暖过来的身体瞬间变冷了。在街灯映照下，她的脸色混浊灰暗，只有浮肿的眼皮有些发红，脸上散落着几个黑斑。头顶的高速公路上汽车来来往往，钢筋工厂传来敲打金属的作业声音。但我和她，被属于我们两个人的静谧包裹着。

"在健康水疗馆看到你，不知不觉就跟到了这里……虽然知道很失礼……"

她的声音好像是朝着远处某个点，而不是对眼前的我发出的。断断续续，如果不仔细听，都听不清楚。

"你经常去那儿吗？"

看得出她不知道该从何说起，也不知该说什么，脑子里一片混乱，只得先问个问题好拖住我。

"不常去。"

我摇摇头。

"是吗？那么真是太巧了……住在附近吗？"

"是的。"

我懒得具体说明，含糊地点点头。

"哦，这样啊。"

她把拼布袋子从右手换到左手，玩弄着脖子上的围巾，咳嗽了一声。好几辆车交错着车灯行驶过去了。

"因为你和我女儿特别像，所以……真是一模一样……"

没有星星，辽阔的天空清冷而黑暗。公交车站生了锈的时刻表，高架桥下面的自行车或信号灯，周围的一切东西，都在黑暗中颤抖着。

"和我八岁时候死去的女儿很像……"

她抬起头，直勾勾地看着我。

"我的意思并不是说，要是她还活着的话，正好和你差不多大。你现在就和我八岁的女儿一模一样，不知你能不能理解？"

我默默地点点头。

"如果你允许的话……"

犹豫了片刻，她继续说道，声音愈加嘶哑。

"我想抚摸一下你的脸，可以吗？"

我不知自己对她这句话的含义有没有领会错，平静心绪，充分思考之后回答了她。

"请吧。"

我一边说一边向前迈了一步，以便她一伸手就能够摸到。

她抬起右臂，仿佛害怕一不小心会把一切都搞砸似的，慢慢地张开手指，先触摸了头发。从发旋到额发再到肩膀，随着手指的移动，头发里残留的健康水疗馆的肥皂味微微散发出来。她的手指颤抖着，抚摸额头，再滑到太阳穴，接着描摹眼皮。和干瘦的手掌不相称，手指很饱满，是比海龟的海草还要柔软的感觉。眉毛、耳垂、鼻子、下巴、嘴唇、脖颈，所有的部分她都没有放过。无论多么微小的凹陷，无论多么细微的皮肤差异，她全都用心感受着。

我能够做到的就是拼命地屏住呼吸，生怕自己的呼吸会干扰到她。

最后，她用手掌包住了我的左脸。犹如一度分崩离析的东西重新组合为原来应有的形态一样，所有的一切都被正正好好收进她的手掌里。

"非常感谢！"

她一边叹息一边说道。

"不客气，没关系的。"

我盯着从自己的脸上离去的手指回答。

"谢谢你。"

她朝着大海的方向走去，背影立刻被黑暗吞没看不见了。她的愿望属于自己能够回应的一类，太好了。我这样想着，走了一个小时左右回了家。

（原稿零枚）

次日（星期二）

我打开相册，看着自己八岁时的照片。照片里是个留着娃娃头，晒得黝黑，像一只小鹿一样瘦小的少女。母亲做的吊带裙明显小了，我的膝盖露了出来，稍微不注意的话，连内裤都能看见。才不会迎着刺眼的阳光睁开眼睛故作微笑呢，好像想这样说似的，少女紧闭着嘴。细细的两条腿用力踩在地上。照片已经褪色，看着就像所有的照片都是在傍晚时照的一样。

八岁时死去的我去了哪里呢，我一边翻看相册一边想着。是已经沉入了健康水疗馆的子宫浴池的水底，还是抓着海龟身上的海草游到很远的海里去了？不对，应该还是像那个人说的那样，死了的我就在我的身体里。我和死了的我一直在一起呢。

　　一想到这儿，我马上感到安心，能够比平常更深地吸气了。头发和脸颊上还残留着那个人抚摸时的触感。

（原稿八枚）

四月的一天（星期六）

　　我和生活改善科的小 R、作家 W 小姐一起，去了城址公园的护城河边参观盆栽节。

　　"单位前台富余了几张入场券，你时间方便的话，就拿去吧?"

　　小 R 说着递给我三张入场券。看清了他手中握着的是三张之后，我知道这不是约会的邀请了。

　　"谢谢，不过我要一张就够了。"

　　我说。

　　"不叫朋友一起去吗?"

　　"我没什么朋友，更别说能一起去参观盆栽节的朋友了……"

"那怎么可能呢，你好好想一想。"

"不，还是算了吧。根本不存在的人，想也没有用。"

"要是一开始就这样认定的话，什么事情都做不成的。我给你出个招吧，那不是有一个信袋吗，你把里面的信一封一封重新看一遍，说不定就能找到合适的人。"

小R对我说。

我被一贯强势的小R催促着，从信袋里拿出一沓落满灰尘的信。第一封是子宫癌检查指南，第二封是美发店的自来卷拉直五折券，第三封是保险费催缴通知单，第四封是同学会会费汇入单，第五封是确认缴纳养老金通知。

"看下一封。"

即便这样，小R还是不死心。我很难为情，手指直抖，一封一封地翻看着。就在打算放弃的时候，翻到第八封还是第九封时看到了W小姐寄过来的明信片。

"你看看，我就说嘛。"

小R颇自豪地说。

这还是很久以前我给W小姐的小说写书评时，她寄过来的感谢明信片。

"可是我都没见过这个人。"

"这种时候就不要在意这个了！她这么有礼貌地给你写了感谢信啊，所以即便是盆栽节，也一定会陪你去的。"

小 R 自信满满地说。

"再往看下吧，还有一张入场券呢。"

在 W 的明信片下面，是生活改善科的日程变动通知。

"这是谁寄来的？"

"当然是你了。"

我惶恐地抬眼看着小 R。

就这样，我和小 R 还有 W 小姐一起去了盆栽节。

W 小姐比我想象的要年轻多了，没有浓妆艳抹，留着齐刷刷的短发。浑身上下看不到一点赘肉，穿着裤子和双排扣短大衣，露出的手脚犹如盆栽般纤细。而小 R，尽管不是去工作，仍旧右手提着公文包，左手拎着小号盒子，系着领带。我们三个人在入口处很拘谨地寒暄了一番。

出乎意料，盆栽节盛况空前。原本是散步小道的壕沟边上立起了两排木架子，无数的盆栽整整齐齐摆在上面。小 R 走在前头，然后是 W 小姐，最后是我，我们排成一列在盆栽之间往前走。天空飘着云霞，没有风，无论是天守阁、大手门，还是露天店铺、划艇码头，映入眼帘的一切都笼罩在朦胧的光线里。

对于盆栽，我只知道松树，所以当看到品种繁多的植物都被做成了盆栽时，十分吃惊。既有桃树和樱树，也有栗子树和梨树。枝叶繁茂的山毛榉根部长着晶莹碧绿的羊齿，金橘结出熟透的果实，青竹笔直地向上伸展。有的盆景小得放在掌心上都有富余，有的盆景却粗大沉重，一个人恐怕都抱不住。有的树根勃然凸起或者树干倾斜着缠绕在一起，有的长出节子或者形成树洞，有的甚至气息奄奄宛如森森白骨。一两百年树龄的稀疏平常，五百、上千年树龄的也不足为奇。再看一下持有者的名字，无不是名门世家、财阀创始人或者前总理大臣之流。每一盆盆栽都受到了悉心照料，无论多么微小的杂草间隙都看不到一点脏东西。

我们很少说话，只是顺着盆栽的通道慢慢前行。偶尔，有人故意发出"哦""哇""原来如此"等无意义的词语试图活跃一下气氛，但是这种尝试大都没有什么效果，马上又回归了沉默。

W 小姐两手扶膝，弓着腰，时而睁大时而眯起眼睛，饶有兴致地观赏着。她这样喜欢看盆栽真是太好了，我放了心。小 R 依然是平时填写家访报告时一丝不苟的态度，上下左右、四面八方地细细观赏，认真地读着说明，观赏盆栽盆的样式。遇到特别喜欢的，他还要凑到枝丫前去嗅一嗅气味儿。他的公文包和小号箱重不重啊，把鼻子凑那么近会不会被扎到啊，我不由得担心。可是，我们之间还夹着 W 小姐，我就没有对他说什么。这时，身后好几个参观者超过了我们。

城址公园种的几棵黑松树向着护城河盘踞开去，也不知道树龄几何。银杏和山毛榉高高耸立，无论怎么仰头张望都看不到树顶。我一边踩着它们延伸到脚边的影子，一边看着那些盆栽时，分不清它们到底有多大了。不用说，盆栽其实不大。但是随着视线的移动，感觉自己的身体随意伸缩，好像可以站在无论多小的盆栽之下抬头仰望它们。

"啊！"

突然，W 小姐指向地面，原来摆放盆栽的台子下有两只鸡紧靠在一起。应该是早就在那里了，我却完全没有注意到，突然看见它们，吓得不禁后退了一步。真像是 W 小姐用手一指，便从地上冒出来了似的。

"是鸡啊。"

我脱口而出。

"不对，是矮脚鸡①。"

W 小姐冷静地否定了我的判断。

"而且还是白桂鸡，这可是自然保护动物。"

蹲到和矮脚鸡平视的高度，W 小姐抱起胳膊说道。

"你分得清矮脚鸡的种类?"

小 R 显出很是佩服的样子，把两手拿着的东西放在旁边，以和 W 小姐相同的姿势蹲了下来。我也不好一个人站着，不得不跟着蹲下了。

"是的，从羽毛的颜色和脚的形状差不多可以分辨出来。此外还有白矮脚鸡，黑矮脚鸡，棋子矮脚鸡等等。"

"好厉害啊！我还是第一次遇见这么熟悉矮脚鸡的人呢。"

"昂首挺胸，大鸡冠，黑色尾羽高高翘起来的是公的，反之则是母的。"

即使被我们盯着看，矮脚鸡也丝毫没有害怕的样子。它们还是挨得那么紧，都分不清哪个尾巴是哪个的了。黑色的眼睛被掩埋在与鸡冠相连的红色眼眶里，盯着同一个

---

① 矮脚鸡，一种小型的日本鸡，日本自江户时代引进、改良，作为观赏鸡饲养。根据毛色、体型等区分种类，后文出现的"白桂鸡"等均为不同种类的矮脚鸡。

方向。只要侧耳倾听，便可听到从它们的喉咙里发出的"咕噜咕噜、咕噜咕噜"的轻轻啼叫声。

"只要是举办盆栽节，就会出现矮脚鸡吗？"

小 R 问道。

"或许吧，因为它吃蚜虫和金龟子幼虫，这些都是对盆栽有害的虫。另外，它也喜欢蚯蚓。"

小 R 不住地点头。一提到矮脚鸡，W 小姐的语气就马上变得很老成，而小 R 则一改原来的傲慢强势，放低了姿态。

"那它能飞吗？"

"因为原本是为了赏玩才交配出来的鸡，所以不擅长飞行，但是飞二十米左右是没问题的。它还会游泳。"

"游泳？像天鹅那样游泳吗？"

"是的。"

"不过它俩可真好呀，一直形影不离的。"

"公的会拼命保护母的，要是抓到十厘米长的大蚯蚓，它自己不吃，一定会让给母的吃的。"

"好像是骑士与公主呀。"

"呵呵呵。"

两人聊得十分起劲。在这期间，也有参观者超过了我们，没有人留意那矮脚鸡。

无事可做的我想回忆一下 W 小姐写的小说，可是不知为什么，不要说书名了，连出场人物的名字、职业、时代背景、场景中的哪怕其中一个，我都没能想出个模糊的印象。以梗概讲解当代第一人自居的我，甚至能说出没有读过的小说的梗概，却竟然忘了自己写过书评的小说，真是岂有此理。我焦虑起来，为了回忆起小说的哪怕一个片段也好，凝视着 W 小姐弯曲的后背，回忆起 W 小姐明信片上的笔迹，试着模仿矮脚鸡的叫声。可是，没有任何效果。W 小姐的小说依然沉在被海藻覆盖的沟底。

自己的小说已然失去了踪影，对此却毫无觉察的 W 小姐，依然和小 R 大谈着白桂鸡。

被人观察了那么半天，白桂鸡好像也有所警觉了。公的像要保护母的似的，稍稍转动了一点身体，紧张兮兮地骨碌碌转着黑色的眼珠子，更高地抬起了它的尾巴，对准某个点紧紧合上了喙。

重新将盆栽和白桂鸡放在一起观看，发现它们果然是绝妙的搭配。两者都具有经过人的技术加工而形成的精致曲线，同时又不失自然之韵味。在盆栽旁配上白桂鸡，很好地凸显了人工和天造之间的绝妙平衡。而色彩的搭配更是妙不可言。盆栽的绿色与泥土的黄色，白桂鸡的白、黑、红三色，每种颜色都不喧宾夺主，且相互映衬，各守其本分。就连白桂鸡鸡冠的红色都与周围的环境相得益彰。鸡冠绝非纯粹的大红色，而是红色微粒聚集在肉色皮肤上形成隆起，这隆起又生出淡淡的阴影。

就在这时，和护城河相连的下游方向传来了直升机的轰鸣声，转眼间，那声音越来越响，很快飞到我们头顶上方来了。

"大概是来盆栽博览会做采访的报社记者吧。"

小 R 这样小声一说，白桂鸡就明显地不安静了。公的慌张地拍了拍翅膀后，将自身覆盖在不安啼叫的母的身上，两者看着就成了一只鸡似的。

"好可怜啊。"

W 小姐说。

"不用害怕呀。"

"是啊，就是个直升机啦。"

"在离你们很远的地方呢，不会伤害到你们的。"

"就是就是，不用担心。"

"就这样抱在一起的话，也不会有事的。"

"对呀，你们是无敌的。"

小 R 和 W 小姐轮番鼓励着白桂鸡。虽然我也想说句什么，但是他们两人你一句我一句，根本没有一点空隙。我到底也没有找到说话的机会，只能自己在嘴里咕哝了几下。

"咕咕咕，咕咕咕。"

母鸡不安的叫声，仿佛是想要忍耐却怎么也没能忍住似的，从公鸡下面隐约传出来。

"咕咕咕，咕咕咕。"

白桂鸡扇起翅膀，一边震动着盆景的枝叶，一边在我们三个人的脚下移动着。

盆景还有很多，一直远远地延伸到护城河的尽头。

我们在乘船码头旁边的茶店休息。里面非常热闹，大多是喜欢盆景的人。大部分座位都满了，小 R 用小号箱子开道，我们一直朝里面走，总算找到了角落里的一个位置。W 小姐和小 R 点了凉粉，我要了米酒。

系着围裙的阿姨给我们上了茶。这是产自哪国、用什么方法加工的茶呢？每次为了小 R 的来访，我都会在茶叶店严格挑选茶叶，但也是第一次见到这个品种。干燥的卷状焦油色茶叶事先铺在茶杯底，阿姨直接加入沸水沏开。

仔细一看，阿姨手上拿着的是给盆栽浇水的喷壶。这是个黄铜喷壶，壶嘴有一米多长，壶身容量很大，壶柄弯曲线条优美，用来给成百上千年树龄的盆栽浇水正正好。她轻松自如地提起壶，无须将壶嘴刻意对准茶杯，便向 W 小姐、小 R 和我的杯中依次注入开水。

从斜壶嘴的狭小出口倒出的热水在空中画出几道弧线，落入杯中。一旦倒偏，热水溅到手上的话，准会烫伤的。想到这儿，我有点害怕，悄悄把手藏到了桌下。但是阿姨并没有出现这样的失误，一滴水都没从杯口溅出。不但如此，她把壶又往上提了提，任意变换着出水的轨迹。热水发出清脆悦耳的声音，将茶叶冲散、搅拌起来。我们屏住呼吸，全神贯注地盯着袅袅上升的热气。倒满最后一杯之后，她干净利索地收起壶，默默地走开了。

我们不约而同地用手指抹了抹桌子，想确认一下是否真的一滴都没有溅出来。桌子上仍然是干干的。我们三个人同时吐了一口气，接着抿了一口茶。和"结草虫的盗汗"相比，味道就平淡无奇了。

从窗户望去，护城河仍旧一片混浊，河水几乎没有流动。层层缠绕的水绵在没有波纹的水面晃动，河水不停地拍打着城墙，浪花溅到了桥梁上，到处是漩涡。与盆栽展览会的喧闹相比，乘船码头这里没有什么人，只有被绳子拴着的空船漂浮在水面上。

W 小姐和小 R 吃着凉粉，醋和芥末的味道飘到了我的鼻子里。

"直升机好像已经飞走了。"

"啊，太好啦。"

"再往前走一点儿的话，应该还有现场展销吧。"

"买一盆回去怎么样？"

"好呀，肯定有适合你的盆栽。"

只是他俩在对话，完全没有我说话的余地。请不要搭理我，尽管聊你们的。我为了装出忙于自己事的样子，专心搅动甜米酒，目不转睛地盯着在漩涡中沉沉浮浮的生姜片。

凉粉不断地被吸进他俩的嘴里去。我想，将十厘米长的蚯蚓吞下去时的白桂鸡，一定也是这个样子吧。茶快要喝尽的时候，系着围裙的阿姨再次提着茶壶过来了。

两人在展销会场花了很长时间挑选盆栽。他们挑花了眼，迟迟定不下来，挑选的过程大致是这样的："这个结果的盆栽很可爱！那盆红叶的也挺有意思的！""不，还是应该挑选具有盆栽特色的。""这样的话，还是那盆比这盆的造型更好看一些……"几乎忘记了我的存在，他们脸贴着脸，仔细观察着盆栽，就好像把身体缩得越小就越能选到一盆好盆栽似的猫着腰，缩着肩膀，高高拱起后背。随着他们不断缩小，不知道是不是心理作用，我觉得文件包和小号盒也变小了。

"就要这个了！"

W 小姐高声宣布。

"啊！这个真不错！"

小 R 是绝不会跟 W 小姐唱反调的。

我稍微歪头，窥探了一眼她用手指着的那盆盆栽。

那是一棵山毛榉树，树干笔直地朝上伸展着，树枝保持着自然的形状，树叶的颜色很鲜亮，树根处生着一层厚而松软的青苔。圆形花盆是素净的铁青色，包裹在 W 小姐纤细的手指里刚刚好。这盆栽虽不惹眼奇特，却不失简约纯净。我本来以为 W 小姐会挑一盆更为复杂矫饰一些的，真是出乎意料。

"躺在它下面的话，一定很舒服啊！"

"微风拂过，枝叶会沙沙作响。"

"阳光透过叶缝闪耀，可以闻到绿叶的芳香。"

"苔藓完全起到了床垫的作用。"

"让人忍不住想蹭上去的柔软床垫。"

两个人靠得更近，看着盆栽。肩、腰和脸庞已经难以分离地贴在一起，融为一体的呼吸吹动着山毛榉树的叶子。

"对了，我要为它吹小号。"

"啊，太完美了，在山毛榉树下听你演奏小号。"

"我有好曲子哦，《俪虾的宇宙》。"

"什么是俪虾啊？"

"一生困于狭小空间，永不回归广阔世界的两只虾。"

"和我们太像了。"

"是啊。"

小R打开小号箱。尽管它肯定是那个我非常熟悉的小号箱，但不知不觉中变得比火柴盒还小了。

等等，这不是那首只为我演奏的曲子吗？填写完报告后，在沐浴着夕阳的窗户旁，在没有其他观众的我的房间中……

我心里这样表示不满之后不久，他们两个人就在山毛榉树下并肩坐下来。W小姐显得很放松，舒服地屈腿坐着；小R倚着树干，就像是测量好的一样，树干上的节子跟小R背部的凹处刚好契合在一起，看上去坐着相当惬意。在小R为吹奏小号做准备的时候，W小姐带着怜爱用手掌轻抚苔藓，那苔藓看上去又新鲜又美味。

不知什么时候，我发现他们脚边蹲着两只白桂鸡，不禁后退了一步。可能是因为直升机已经远去，周围让人安心，母鸡恢复了平静，公鸡的眼神也恢复了沉着。W小姐伸直手腕，掸掉沾在手掌上的苔藓后，抚摸这两只白桂鸡，看她的神情好像在说"啊，原来你们在这里啊"。即使鸡冠被人摸了，尾羽被人攥住了，这两只白桂鸡也没有生气，反而精神振奋，喜气洋洋。

我使劲眨眼，对准焦距，许多东西看得更清楚了。W小姐外套上的纽扣，脚陷进苔藓爬不动的蚂蚁，透光的叶脉，贴在小号箱子上的贴画的花纹，小R左耳上的褶皱。所有的东西都映入眼帘。在这段时间里，吹奏小号的准备已经就绪。

W小姐和小R，山毛榉树和苔藓，小号和白桂鸡。一切都处在他们应当的位置上，他们眉目传情，描绘出一条流畅的风景线。小R站起来，摆好吹奏的姿势，开始吹响《俪虾的宇宙》。白桂鸡竖起鸡冠，W小姐闭着眼听得入迷。但是，不管我怎么用心听，《俪虾的宇宙》都传不到我耳中。

我没有等他们，一个人回家了。

（原稿零枚）

次日（星期日）

　　花了一天的时间翻了整个书架，寻找 W 小姐的小说，却没有找到她的书。

（原稿两枚）

四月的一天（星期三）

时隔三年，再次出席了 U 文学新人奖的宴会。我和以前写梗概时有过接触的新人奖大都没有什么联系了，不知为什么只有 U 文学新人奖到现在还会给我寄邀请书。为了回报对方这一执着的好意，即便克服些困难，我每年也都尽量争取出席。

我尽可能打扮得朴素：藏蓝色的百褶裙搭配同色系的上衣，内穿白色棉衬衣，肉色丝袜；鞋子和手提包都是黑色人造革的质地；花边、丝带、串珠、刺绣这些装饰统统没有，式样都是基本款；首饰当然一个不戴，就连臭鼬鼠的徽章都收在了口袋里。脸上只拍了丝瓜水，头发大概梳了梳。全身上下没有丝毫能证明我是我的痕迹。

这样打扮，会场上就不会有人注意到我，来跟我搭话吧。万一有情况，就退到角落与窗帘化为一体隐藏起来，也可以站在工作人员通道附近假装是宴会的工作人员。

派对堪称盛况。会场里人头攒动，拥挤得连提供饮料服务的男服务员都进退不得，舞台远在距离人群很远的前方。人们的喧嚣声、体温、食物散发出的热气、酒味、镁光灯、拍手声、起哄声、咳嗽声、笑声，所有这一切都混杂在一起，形成了重重的旋涡。有时候，能断断续续听到获奖者或是主办方的演讲，但很快就被旋涡吞没，不知所踪了。

我一只手拿着兑了水的威士忌，小心地把脚踏入了人群中。不知不觉间人们分为好多个群，每个群都随着旋涡之波动一边一点点移动着，一边不断分裂再结合。所有种类的鸡尾酒派对都遵循这样的运动法则。最重要的是，要熟知法则并应对自如。呆呆地站在一处不动地方，或者被挤出来，都是不行的。

凭着自己的经验，我知道法则的方程式是通过脚步的运动来描绘的，因此，很自然地只注视着地板。就像人们的容貌各有不同，鞋子也有着各种各样的表情。即便是看上去千篇一律的公务员穿的皮鞋也是如此，并非指鞋带、扣带等装饰物的不同，而是说鞋底的磨损情况和划痕形状、褶皱的纹路等等也都会表现出每个人的个性。既有穿着松懈的皮革、显得精疲力竭的脚，也有从脚踝到脚尖都充满着紧张感的脚。有的脚被鞋磨破疼痛难忍，有的脚浮肿得让人忍不住想用食指去戳一戳，有的脚好像会发出怪味，有的脚绑着绷带，有的脚适合裹足。这些脚一边很小心地避免碰到一起，一边在宴会厅的地毯上描绘出精密而大胆的图案，就像花样滑冰者在冰上滑出花纹那样，像候鸟朝着正确的方向飞翔时留下轨迹那样。

与宴会华丽的气氛相反，地板上却出人意料地脏。礼花碎片散了一地，沾了鼻涕的餐巾团成一团儿，小鸡骨头扔在地上。但是谁也不在意自己脚下有什么，将奶酪片、杂种鸭的肥肉、几颗假牙、护眼罩、避孕套之类的踩在脚下。无论地板上有什么东西，画出图案才是最优先的。

"啊，是你啊，好久不见了。"

冷不防被人叫住，我不由得抬起了头。不知什么时候玻璃杯里的冰已经化了，威士忌变得温吞。

"怎么样？还在写作吗？"

这个嘴里塞满烤牛肉，很热络地和我搭话的人是谁呢，我试图回想起来。同时，我也在懊悔自己处心积虑打扮得这么不起眼，还是没起到作用。

"这段时间我读了你那本书，写得很不错啊！"

我不知道他说的是哪一部作品，就回了他一句"谢谢"。这个男人大嚼着烤牛肉，连肉汁飞溅到领带上也没有察觉，伸出手拿起桌子上不知是谁剩下的啤酒喝了起来。

"文章行文节奏舒缓，每当我读作品时，内心就不可思议地平静下来。那个配角老奶奶，在故事里被设定为摘除了卵巢，很出彩。她竟然用自己的内脏换取了智者的灵魂啊。"

男人喋喋不休地说着。他所说的小说到底是不是我写的，实在没有把握。对于他说的出场人物，我好像有印象，又好像是另一个世界的事。

"一定要坚持不懈地写下去，要是时间多得够你胡思乱想的话。"

他对我的忠告虽然和小 R 的如出一辙，给人的感觉却完全不同。他就像施恩于我似的，自我感觉超好，无所顾忌。

"小说只要坚持写下去，总会有所收获的。对了，你吃东西了吗？这么磨磨蹭蹭的可不行啊。好吧，我看着给你拿点来吧，有什么忌口吗?"

他也不听我回答，就走到了摆着菜肴的桌子旁，动作粗野地夹了好几样菜放在盘子上递到我面前，然后留下句"回见"又混进了人群中。盘子上有烟熏三文鱼、北京烤鸭，还有寿司卷和马卡龙。

我忽然发现自己踩在了估计是刚才那个男人掉在地上的烤牛肉上。土气皮鞋下面的牛肉，渗着黑血，如同被挤瘪的卵巢一般。

无论哪样菜品都做得十分精致，装盘考究，品种齐全。还可以跟厨师点餐，要煎松露鸡蛋卷，或是活剥明虾做成的天妇罗。这些似乎还不够，我看到侍者们端出了烤火鸡、鮟鱇鱼和鳗鱼。加上火鸡的叫唤声后，会场越来越喧嚣，获奖者们已经不再受人们的关注，由于鳗鱼挣扎溅起的水点和鮟鱇鱼垂下的黏液，地面更加肮脏了。

这时，站在会场中央大桌子附近的一名男性吸引了我的目光。

我喃喃自语道："他是蹭宴会的。"

无论他为了装得像出版界人士有多么小心翼翼，还是骗不过我的眼睛。

这些人确实大都举止慎重，计划周详，十分专业。即便如此，我还是能够从他们的巧妙伪装中看出些许破绽，闻到冒牌货的气味。

多半是身体里流淌的运动会冒充家属的血液让我能够有所察觉吧。当然，我不会像他们那样，没有邀请函却趁乱潜入会场，用通过不正当途径得来的名片骗过接待处的人。我是大大方方地从敞开的校门入场的。而且，他们并没有资格享用出版社出资提供的菜肴，却大快朵颐。相比之下，我充其量也就是和父母一起参加借物赛跑，得到参赛奖的练习册而已。

但是，派对蹭吃者和运动会冒充家属者都是混入了本来自己不应该在的场所，在这一点上，两者具有很大的共同点。我们是同一孤岛上的居民，只需交换个眼神，就能够理解对方的立场。

看样子，这个派对蹭吃者的目标是刺身大摆盘。他站在盛放鲷鱼的冰盘前，紧紧握着手里的公筷。穿的衣服乍一看还说得过去，但是尺寸稍大、垫肩下滑且质地松懈、袖肘磨得发亮，让他暴露了难以掩饰的寒酸。尤其是眼神，无论肚子多饿，只要口袋里装着正式邀请函的人，是不会露出如此贪婪的眼神的。对于派对蹭吃者来说，面前摆着的菜品，都是几十天乃至几个月都没有吃到过的新鲜又安全的食物。错过了这次机会，就不知道什么时候才能再饱餐一顿了。因此，他们争分夺秒，拼命地把昂贵而有营养的食物多多地塞进肚子里，与此同时又绷紧神经，生怕暴露了真实身份被轰出去。这些人的目光酷似向猛犸象投掷长矛的原始人。

顺着鲷鱼的脊骨，从鱼头到鱼尾，这个派对蹭吃者用公筷迅猛夹起整片鱼肉。大胆不慌张，出手迅速机敏，看得出谙熟此道。这是一个驼背、眼窝深陷的小老头。他把夹起来的鲷鱼肉一片接一片送进自己的嘴里，如同向喉咙里注入柔滑的液体一般悄然无声。虽然在吃，却不让周围的人觉察到自己在吃，人虽然在那里，却和不存在一样。

这个人应该不会露馅的，估计不会有人对他产生怀疑的。我暗自点了点头。这个男人转向了下一个目标，重整旗鼓准备对龙虾发起进攻。

我随着人群的流动，向会场的东北角移动。不知何时颁奖仪式已经结束，进入了畅谈环节，会场里的混乱和噪音越来越令人难以忍受。虽说我认识的人很少，但还是遇见了一些人，比如做审读员时关照过我的编辑们、给我介绍生活改善科的总务部长、曾经对谈过一次的评论家。我和这些人擦身而过，而他们都像没看见我似的走过去了。我又要了一杯威士忌。

会场东北角呈现出与中央不一样的模式。双脚的运行曲线从椭圆形的圈子变成了小圆形，其旋转速度也在不断增加。尽管侍者们汗流浃背，来回穿梭，然而用过的碗碟和玻璃杯还是不断地堆积起来。海豚形状的冰雕，受不住人群散发出的热气，背鳍和尾鳍已经融化。桌上摆放的鲜花，花粉散落在花瓣上，很是无精打采。

这一区域提供的是甜品。桌上装点着一排甜瓜摆盘、泡芙做的金字塔、孔雀展翅开屏形状的糖稀，还有萨赫蛋糕①、栗子奶油点心、西瓜拼盘。铁板上面回旋着金锷点心②，铁锅中跳动着天津糖炒栗子，地上躺着掉落的熟椰子，从裂开的椰壳里溢出白色汁液弄脏了地板。在这里，我发现了第二个派对蹭吃者。

这一个十分年轻。头发抹了发蜡，油光发亮，手里提着公文包，扮作一副上班族的样子。然而一眼就能看出发

---

① 萨赫蛋糕（Sachertorte），是维也纳萨赫酒店独特的巧克力蛋糕，由两层甜巧克力和两层巧克力中间的杏子酱构成，蛋糕上面饰有巧克力片。它是代表奥地利的国宝级点心。
② 金锷点心，将小豆馅包入米粉或面粉烤制而成的日本点心。

蜡不过是为凌乱而过长的头发打掩护，行为动作也不是很自然，一副嫌公文包很碍事的做派，就连他系领带的方式和胡须的刮痕都能看出他好像心里有鬼。

这个年轻的派对蹭吃者正在品尝回转托盘上的小蛋糕。从巧克力蛋糕到草莓馅饼，从法式夹心千层糕到提拉米苏，他一边心神不宁地转着甜点盘，一边用夹子夹取。

"不行不行，这样粗暴可就麻烦了。"

我咋着舌，他弄倒了蛋糕，压瘪了生奶油，嘴角被巧克力粉染成了棕色，所有的动作都不够小心谨慎。附近的几个人不时地看他，他也没有注意到。说到底，派对才进行了一半就大吃甜点，这本身就不太自然。

"不好意思，这位先生。"

果然，人群中有个人对这个派对蹭吃者发出了声音。他的四周出现了一小块空间。

此人是蹭吃者猎手。蹭吃者猎手以发现蹭吃者，并稳妥地将其从会场驱逐出去为己任。当然，这并不是他们的本职工作，一般是由出版社员工兼任，特别是曾参加过体育社团、体格强健且办事沉稳的营业部新人。

"实在是对不起……"

面对态度坚决且彬彬有礼的猎手，年轻的派对蹭吃者顿时惶恐起来，痛苦地迅速咽下塞了满嘴的蛋糕。

"想请教一下您的尊姓大名？"

猎手的飒爽风姿让人着迷，蹭吃者的寒酸样子更引人注目了。

"哪里……我哪是什么有名的人……"

蹭吃者终于开了口，舌头上沾满了海绵蛋糕和奶油。

"那么，方便的话，请给我看一下邀请函好吗？"

"哎呀，好久不见！"

这时我用力摇晃着手里的加冰威士忌，插进这两个人中间。

"最近还好吧？之前承蒙关照，实在是感激不尽。"

我站在蹭吃者的面前，尽可能地露出妩媚的微笑。蹭吃者还未镇定下来，不安地一个劲眨着眼睛。周围的人都轻轻地离开了摆放甜点的桌子，以免被牵扯进去。

"最近你见到过 W 小姐吗？"

蹭吃者眼神飘忽不定地摇了摇头。我为了缓和这令人尴尬的局面，一边喝着原本不想喝的威士忌润嗓子，一边说个不停。

"前几天，我和她一起去了盆栽节。真是个不错的盆栽节啊，有一对矮脚鸡还给我们当向导呢，它们简直是聪明得让人吃惊。我们不仅观赏了盆栽，还听了小号演奏，吃了凉粉。W小姐特别喜欢，最后都说不想走了。没办法，我只能在展览会上和她分手了，也不知道她是不是顺利回家了？明年，我们一起去怎么样？"

"您认识这位先生吗？"

猎手问。这么近距离看，他显得更加帅气强壮了。

"是啊。"

我脸上浮现出连生活改善科的小R都没见过的无比灿烂的笑容。

"那真是太抱歉了，请慢用。"

猎手留下我和蹭吃者离开了。

我们两个人四目相对，找不到什么可说的话，只是呆然对视着。蹭吃者机械地往嘴里扒拉着碟子里剩下的蛋糕，我喝光了威士忌。人们再次返回了放甜点的桌子前。

"你也是吗？"

蹭吃者问道。他的西服领子上沾了不少点心碎屑。

"算是吧，不过类型不一样。"

我回答道。为了阻止他说出道谢的话，我滑入向西南方向转过去的圆周运动中，转瞬间我们就分开了。

用语言互相确认对方身份还是太不成熟。如果是真正的冒充者，即便是派对蹭吃者和运动会冒充家属者这样两派的人，只要一瞬间的对视就应该能够立刻辨认出对方。不是这样，就算不上货真价实的冒充者。要想达到那个蹭吃刺身前辈的境界，还需要继续修行。最重要的是不能急躁，食物和时间都充足得很，只要自在地吃就可以了。控制住自己的食欲，确保自己站立的位置，让一举一动符合周围的气氛，谨慎地将影子都藏好，只有在这诸多方面取得完美的平衡，才能成为一个独当一面的蹭吃者。其中一个人出了差错，就会波及其他人，接待处的检查会越来越严格，大家活跃的场所会越来越小。

你可别再搞砸了，不能给吃刺身的蹭吃者造成麻烦。

——我在心中鼓励着这个年轻的蹭吃者。

那之后，在派对结束之前，我走遍会场，寻找 W 小姐。说起来，她是跟我一同去参观盆栽节的人，是我大费周章好容易找到的人选，是在这么多人当中能够互相认出彼此的唯一存在。本应该早点寻找她的，哪来什么闲工夫去管派对蹭吃者的闲事呢。我反省自己。

不知人们以什么为信号，慢慢地消失不见了。人群聚成的圆圈在逐渐缩小，侍者们终于可以手举托盘直线行走。

舞台上挂着的横幅上的字也终于能够看到，那上面已经空无一人，也没有获奖人的身影，只有一支麦克风徒留其上。

那些刚才还装点着奢华菜肴的桌子，全部一片狼藉，简直无法形容：凉透的意式千层面像地层一样板结了，开那批①的面包和馅料已分崩离析，奶酪火锅底部还残留着好多片面包碎片；坚持不住终于落下的花瓣们，在奶油白汤和浓缩酱汁里重放光彩；被丢掉的节目单漂浮在日式菜汤里；牛肉炖锅早已开始发出腐败的气味，三明治开始发霉，连侍者们也捏着鼻子。即便如此杯盘狼藉，也能看到一条从花瓣、节目单和霉菌之间拣出鱼子粒的身影。但是那人绝对不是蹭吃者，因为蹭吃者的铁则是"不久待"。

最后，终于还是只剩下我一个人。

等我意识到的时候，发现除了忙着收拾的侍者外再没有其他人。为了不妨碍他们收拾，我躲进了窗帘里。窗帘立刻和我的上衣融为一体，我成为了窗帘的一部分伫立在那里。被踩瘪的我的卵巢还躺在地上，好几个侍者踩着它走过去。无论等多久，也没有见到 W 小姐。

---

① 开那批（canape），一种法式派对点心，在烤面包上面放上鱼、肉或者奶酪等。

十点多回家后，肚子饿得不得了，我决定炸天妇罗。用冰水和了面粉，把冰箱里的蔬菜——也没有好好看——扔了进去。其间把白萝卜擦成泥，解冻了天妇罗调料，制作了抹茶盐，还吃了扁豆、绿辣椒、莲藕、芦笋、口蘑和笔头菜。我就站在煤气灶跟前，炸好一个吃一个，不停地往嘴里塞着。油滴落下来烫着了嘴角，也不在乎。换气扇的声音回响在房间里，震动了窗外的暗夜。不知何时，我的头发吸了油，变得油光光的，嘴唇上起了泡。

蔬菜盒里已经空了，还是觉得饿。没办法，我拿着手电筒、铲子和塑料袋去了后面的公园。街灯全都特别昏暗，什么也看不清。池水沉入黑暗中，白天总是在水面戏水的水鸟们也回窝里睡觉了，看不见身影。虽然没有风，池边上的树木们仍在沙沙地晃动着树梢，偶尔从树丛里传来什么小动物的动静。

我不顾一切地走进树丛中，朝着以前就瞄上的榉树那儿走去，足有几米粗的树干在黑暗中看着更黑了。

用脚踩了一下树根，松松的软软的，我又跪下来把脸贴上去，闻到了浓郁的青苔味儿。充盈其间的夜晚的寒气，冰得嘴唇上的水疱凉凉的，很是舒服。

就这样一动不动地跪了好一会儿之后，我用铲子挖了一些青苔，装进塑料袋里拿回了家。裹上所剩无几的面衣，做成天妇罗吃了。

（原稿零枚）

四月某日（星期一）

从办事处生活改善科寄来了一封信。小小的茶色信封薄薄的，只有地址处是透明玻璃纸，里面只有一张叠成三折的信纸。

不用看我也知道，这是负责人变更通知书。

（原稿十八枚）

五月某日（星期日）

　　今天是期盼已久的"宝宝哭相扑比赛"①，我很早之前就在挂历上画了圈的。要是下雨的话，婴儿们可怎么办呢？我一直担心来着。好在不管向哪个方向看，都是万里无云。这样就没问题了，我舒了口气。

　　得到宝宝哭相扑比赛的信息完全是偶然，是我运气好。这个有着二百年传统的活动，每年都在我家附近的神社举行，迄今为止我却一直没有意识到，真是匪夷所思。

———————————

① 宝宝哭相扑比赛，日本的一种风俗习惯，将一岁左右的婴儿置于神社高台上比赛看谁先哭。现在的主要目的在于祈祷婴幼儿的健康成长。

　　神社位于城市北面的丘陵地带中部，据说是因求子灵
验而闻名，但由于周围环绕着茂密的森林，不熟悉道路的
话，很难找到那里。我之所以知道这个神社，也是偶然。
去年秋天，我捡银杏时，不知不觉走上一条河边小路并沿
着河往山上爬去。而神社就坐落在那片遮天蔽日的森林斜
坡上，犹如静静依靠着它一般。当时我用沾了银杏臭味的
手投了香火钱，拜了拜就回来了。

　　后来，我散步时常常会顺路去神社。参道①和森林连
为一体，想往里走多远就可以走多远，非常中我的意。树
林里参天大树林立，静悄悄的；地面落叶堆积，非常暄软。
因为还没有正式修路，只有一条人们走出来的土路，倒不
必担心迷路。只要拽着从树枝上垂下来的无数藤蔓，沿着
这条土路走的话，一般都会回到参道上来的。

　　出人意料的是，住宅开发推进到了距离神社很近的地
方，神社周围井然有序地排列着新住宅。斜坡正下方还有
个女子大学，从树木的间隙可以看见一座座校舍。但是，
没有任何侵犯森林寂静的东西。除了神社杂役的身影外，
连参拜者的身影都没有。整个森林里只有风和小动物发出

---

① 参道，日本指为参拜神社、佛寺特地修筑的路。

的动静。

从大殿后面爬上一段石阶后，会看到一块被祭奠的巨大石头。材质是附近丘陵地带多产的花岗岩，高十米左右，看似是好几个岩石堆成的，可旁边的解说说是一整块岩石。由于复杂的形状和扎根于顶上裂缝中的大树，很难看清它的全貌。绕着走了一圈，路面高低不平，很不好走。看上去好像是那棵树在一点点割裂岩石似的，反过来，又好像是岩石要把树木吃进去似的。这样巨大的岩石是靠什么平衡停留在这里的呢？我多次尝试想要发现成为支点的关键，却没有成功。

有这样的一个传说：从前有个石匠，想要切割这块巨石，这时从裂缝里冒出了白烟，大惊失色的石匠和石头片一起摔了下去。果然可以看到岩石上有条痕迹，小石头片也被供在一起祭奠。

散步之后，我会坐在石头上休息。由于四周都是花岗岩，找个地方坐下并不费劲。

我思考在某天掉进巨石顶上裂缝里那一粒种子的事迹。它靠着偶然积存的一点点土壤发芽，为了吸收养分而深深扎根下去，这份坚忍不拔让人不由得肃然起敬。如今树木自身想必都分不清自己究竟是植物，还是岩石了吧？我也会安慰那个石匠，那个做了无法挽回的错事而不知如何是好的石匠。久久地凝视着岩石，不知不觉日头已经西斜，已是归家时分。

我在鸟居①旁的告示板上看到了宝宝哭相扑比赛的告示，是上个月的事。

宝宝哭相扑比赛报名中

资格：0岁到2岁（要求脖子能立住）

参加费用：5000日元

（赠送缠头巾、手印纸②，购买刺绣围裙③需另加3000日元）

请在申请表里填写必填事项后提交给神社事务所。

此外，恕不接纳当日临时报名参加者。

这个告示我反复看了五遍。

"请问……"

_____

① 鸟居，日本神社入口处所建的大门，用以表示神域。
② 手印纸，印有日本相扑力士手印和签名的彩纸。
③ 刺绣围裙，相扑比赛中，十两以上力士穿的带有前垂的饰布，用于入场式。

我提心吊胆地向神社杂役开口询问。

"这个告示牌上的相扑……"

"您说。"

"这是谁都能参加的吗?"

"是的。"

"不是当地居民也可以吗?"

"都可以的。"

"女孩子也可以?"

"可以,只要脖子能立住。"

"只要脖子能……"

"因为孩子太小的话,反而不是很能哭。"

"是这样啊。"

"还是刚开始认人的时候最合适,因为是比赛看谁哭得多。"

"顺便问一下,婴儿是光着身子的吗?"

"当然了,不管怎么说也是相扑嘛。不过尿不湿还是要穿着。"

"有道理……"

我点点头。

"请不要顾虑,来参加吧,欢迎光临。"

神社杂役继续扫地，我又把视线投向了告示牌。扫帚打扫石子地的声音仿佛渐渐变成了婴儿的哭声。

那天，离鸟居还很远，我就感觉到气氛与平日迥然不同。连树木的样子和小鸟们扑扇翅膀的样子也显得异常躁动而兴奋。不多久，随风飘来婴儿们的哭声。起初夹杂在树枝哗啦啦作响声中，时有时无，非常微弱，但逐渐增加了密度，增加了厚度，最终好似有了清晰的轮廓形成一团，回荡在耳边。

"就是这儿了。"

我喃喃自语，忍不住跑了起来。

尽管距离比赛开始还有时间，但神社里已经被婴儿们占领了。婴儿，婴儿，婴儿，满眼都是婴儿。当然，陪同他们的大人也很多，但一群群婴儿压倒了周围的所有一切。

我向婴儿群里迈出一步。空气忽然变得温暖，只觉得喉咙堵塞，胸口疼痛起来。平时笼罩着周围的绿色，都被婴儿们散发出的奶粉味儿、尿不湿味儿、哈喇子味儿赶走了。无论潜藏于森林多么深处的静寂，都无法从那些婴儿的哭声中逃走。

不知是怎样爬上狭窄山路的，一辆巴士停在了背后，挡风玻璃上放着一块"宝宝哭相扑比赛专用区间巴士"的牌子。婴儿们一个接一个地从车上下来，不断加入到婴儿群里去。叼着奶瓶的孩子、摇着拨浪鼓的孩子、扭着身子哭闹的孩子、垂着脑袋睡觉的孩子、吐奶的孩子、吃手的孩子、卷毛的孩子、肥胖的孩子、三胞胎、抱着鸟居不撒手的孩子、揪着匾额的孩子……各式各样的婴儿齐聚一堂。

这一天对于主角婴儿之外的人们来说，也是一生中难得参加的活动，大家都很兴奋。

有拿着快没电的数码相机不知如何是好的父亲，也有责备他考虑不周的母亲；有专心致志地涂抹防晒霜的奶奶，也有四处乱走寻找厕所的爷爷；因年龄超标而无法参加相扑比赛的哥哥们，在森林里互相追赶来回奔跑，被树根绊倒后发出比婴儿还大的哭声。在这般喧闹中，下一辆短途区间巴士照样开来。

我穿过接待处排的长队，沿着参道往前走去。走到神社事务所前时，看见平时只有鸽子休憩的铺着石子的开阔空间里，今天竟然出现排列这么密集的婴儿车，吓了一跳。即使在商场的儿童用品卖场，也不曾一次看到过这么多婴儿车。明明有那么多婴儿，可所有的婴儿车都是空的，没有了主人的婴儿车们不安却整齐地排列在高大的交让木下。

原本应该是穿着鼓鼓囊囊尿不湿的婴儿们坐的垫子上，徒然呈现着一个个黑洞；车轮陷在沙砾缝隙间，没有一点会移动的迹象；虽然款式和花色不同，但在每个婴儿拥有各自的黑洞这一点上，它们都是平等的。

主殿旁边设置了尿布更换台。尽管只是把桌子拼好后在上面罩了一层白布，但是说起来，这里也是力士们的更衣处。在比赛开始之前，他们会在这里脱光衣服，扎上一条印有"祝"字的缠头巾，系上刺绣围裙。而在那之前需要提前换好尿不湿。因为他们是要踏上神圣的相扑比赛台，让神灵听到哭声的，可不能把刺绣围裙穿在脏屁股上。将要上场的大约十名婴儿躺在台子上，明晃晃的太阳照在他们的屁股上。

哪怕一次也行，我也想给婴儿换尿布。我期望见证这个世界上最可贵的生命印记，想要加入为那些纯净如初、无所缺失的屁股服务的行当中去。

父母们在尿布更换台旁忙碌地为婴儿们更换着尿布，丝毫没有察觉到我的心情。他们没有人觉得自己正在进行的是一件十分严肃的行为，只是专注地想快点结束这件事情。

当然，婴儿们更加天真无邪。他们一边把后脑勺贴到坚硬的台子上，一边吸着奶嘴或舔着手指。两只小脚"啪啪"地蹬向空中，自由自在且非常有力，要是不管他们的话，仿佛会飞到空中去似的。他们毫不在乎自己的下半身发生了什么状况。

我在尿布更换台前走来走去，本想着或许可以帮到哪个手忙脚乱的母亲。可是事到临头，终是没有勇气上前搭话，最终被人家看作碍事的人，悻悻离去。

父母和外祖父母们抱着已经穿戴好了的婴儿们，排起长队等待比赛开始。队伍蛇行于树木中，终于在前端分成了东队和西队，再往前便是土俵①。以前不用的时候，土俵仅仅是一块空无一物的圆形沙地，可如今按照传统习俗精心修整后，摇身一变成了个漂亮舞台。正对它的是参赛者父母的座位以及记者的摄影专座，两侧摆着神轿，四周安排了穿着同样号衣②的工作人员。

比赛即将开始。在主持人用麦克风宣布东西两队将要对阵的婴儿的出生地和名字时，穿着兜裆布的业余相扑选手将他们抱着登上了土俵。

———————————

① 土俵，相扑比赛场地。
② 号衣，在衣领或背后印有字母或姓名的半截式外褂。

　　原本我是来观看宝宝哭相扑的，却被业余相扑力士的身姿迷住了，这是我第一次看见系着真正兜裆布的力士。只是缠绕了一条兜裆布，比刺绣围裙更简洁利落，我感慨系之，不禁看得出了神。力士们魁梧的身躯、锻炼出来的肌肉和飒爽的言行举止，都与那简洁巧妙地融合在一起。而且他们正值血气方刚的年纪，肌肤很有弹力，剃短头发的脑袋泛着青色，脸上的表情就像刚刚从宝宝哭相扑比赛过渡过来一般天真无邪。"他们是干什么的?"我向旁边的工作人员询问。他说出附近一所十分有名的高中的名字，亲切地对我说："他们是那个学校相扑社团的成员，每年都来承担这个重要的工作。"

　　东队的婴儿刚从母亲手中转到相扑队员手中，举动立马变得异常；西队的婴儿虽然勉力支撑，却也隐藏不住胆怯的神情。

　　"加油。"

　　裁判员探出身子，将扇子一翻，背面朝外①。于是婴儿由躬着身子的相扑人员抱在预备线附近，稍稍让他们跳动了几下，两只小脚沾上了土俵上的沙子后，又被抱到了

――――――――――――――――

① 日本相扑比赛中，裁判将扇子背面朝外，表示比赛开始。

半空中。

"不相上下！不相上下！"

两个婴儿同时哭了出来，哭泣的小脸一会儿靠近，一会儿分开。

没想到尿不湿和刺绣围裙很协调，白色的尿不湿甚至还很好地映衬出大红大蓝色彩鲜艳的刺绣围裙。不知婴儿们是因为远离母亲而害怕，还是觉得裁判的服装太可怕，使出吃奶的力气大声哭泣着。就好像早已知道今天是比哭相扑似的，哭得非常棒。周围的观众报以热烈的笑声。婴儿的缠头巾滑落下来，鼻涕和口水混在一起，眼泪挂在使劲闭着的眼梢上，从我站的地方也能看见他们没有长牙的小嘴里隐藏的小小黑洞。

"不分胜负。"

裁判宣布双方打平。婴儿从土俵上下来，终于回到等待已久的父母的怀抱中。即便如此，他们也没有停止哭喊。好像在抗议自己遭受这样的境遇，又好像在提醒自己不可大意小心那个相扑队员和裁判员会再次出现一般，更加大声地哭个不停。

"哭得好，哭得好。真乖！"

父母也不管婴儿在哭诉什么，一边抚摸着婴儿的头一边表扬他。婴儿的鼻涕流到了下颌。这时，拿着照相机、摄像机或尿不湿的其他家人也加入了夸赞的行列，夸赞的人不断增加着。而此时，土俵上已经开始了下一场比赛。

就是说，相扑比赛以相同的模式不断地重复着。被念到出生地和名字的时候，两个婴儿上了土俵，裁判宣布"不分胜负"后，他们从土俵上下来。每场比赛都没有丝毫不一样的地方。工作人员好像早已习惯了这一模式，一心不贰地完成着自己的任务。土俵台下观看比赛的人很拥挤，但比赛在严密的规则下以固定的节奏稳步进行着。在混乱的人群里，只有等待比赛的婴儿朝着土俵扎扎实实地前进着。婴儿的队伍还在延伸，完全看不到队尾。

当然，无论比赛重复多少遍同样的模式，婴儿的表现仍然各不相同。有极少数的婴儿一声也不哭，结果引发了观众更大声的哄笑。自己为什么在这种地方，大家为什么都这么高兴呢，他露出非常不解的表情。小眼睛来回张望，或是拧着脖子瞧相扑队员的脸，或是盯着裁判指挥扇上垂下来的穗子，然后缓缓地把目光转移到对手身上，脸上浮现出同情，仿佛在问"你干吗伤心呢"似的。

此外，他们哭的样子也是各种各样的。有手舞足蹈，扭着身体，爆发出全身力气地号着的婴儿；也有抑制不住心底涌上来的悲伤，眼泪直流的婴儿；还有抽泣着大哭的婴儿、哭得呛着了的婴儿、哭得翻白眼的婴儿、哭得青筋凸起的婴儿、跟着别人哭的婴儿、假哭的婴儿、哭声像唱歌似的婴儿，简直数不胜数。这里聚集了所有种类的婴儿哭法。

中途更换了相扑裁判员，可能是因为这场比赛的工作强度比他们预想的大的缘故吧。相扑队员们不声不响地履行着他们的职责。负责西队的相扑队员表情有些僵硬，好像是不知道该用多大的力气把这个软不脊拉的婴儿抱起来。与他们相反，负责东队的相扑队员动作非常熟练，抱得很平稳，无论对什么样的婴儿，都好像在微笑着对他们说："让你们哭成这样，真对不起。"他们是那样的温暖，连我都想被这样的相扑队员抱着。

婴儿们都很小，这理所当然的事让我感觉很神秘。他们的头发那么柔软，眼看就会消失在阳光里一般；手那么小，都不知道是否该把它叫作手；耳朵、嘴唇、鼻子全都柔弱得好像是刚刚长出来的似的；皮肤十分柔嫩，内里充满了生命力，就连蒙古斑或被虫子叮咬的红包都像是什么特别的印记。我甚至产生了怀疑，他们和我是同一种叫作"人"的生物吗？我曾经也是叫作"婴儿"的生物吗？

还有小腿。说到底，本应该站在土俵沙子上驱除灾难的腿，毕竟还没有长成呢。婴儿们畏惧于那些扎脚的东西，此时足下的神圣仿佛预言了今后将会踩到各种各样的污秽一般，令他们战战兢兢。所以他们一直在哭泣。

哭声没有一刻停止。那哭声卷起旋涡，发出喧嚣，像日冕一样覆盖住整个森林。鼓膜沉溺在哭声的沼泽深处，我们没有人能从这个森林里逃出去。

想要开采巨石的石匠、掉进岩石缝隙里的树种也在哭泣。不对，回荡在这里的全都是我的哭声。在这个世界上，只有我一个人在哭泣。

在这种混乱之中，即便丢了个把小婴儿也没什么可奇怪的，这种想法突然浮现在我的脑海里。说不定有哪个婴儿从土俵下去后，没有亲人迎接，没有地方可去，一直被相扑队员抱着，孤零零地只剩自己……

我更加仔细地观察土俵下面的情况。其实所有的婴儿都毫无差错地回到自己父母的身边，反倒是不可能的。一旦把婴儿交给相扑队员，大人们便随意四处走动起来。很难说没有某个家长在摩肩接踵的人群中不知不觉迷失在森林里，抬头看那巨石裂缝时错失了迎接孩子的时机。又或者，从一开始就有想要趁乱抛弃婴儿的家长也未可知。就像打牌时怎么都凑不成牌，于是想着偷偷处理掉那样，什么样的群体之中都会有被悄悄抛弃的成员。

是这个孩子吗？是不是这个孩子？大概是下一个孩子吧？

我的目光早已不在土俵上了，一直追踪着结束比赛后的婴儿身上。

就是下一个孩子，肯定是下一个孩子，下一个孩子准没错。

然而，我的期待全都落空了。不管什么样的婴儿都有人来接他。父母绝对不会把自己的孩子丢失的，婴儿也知道自己在相扑队员的怀抱里只是暂时的。父母为了更好地抱住自己的孩子，摆出了正好容纳婴儿的臂弯。无论哭得多么厉害的婴儿，都正正好好回到父母的怀里。

不知这样目送了多少个婴儿，终于等到没完没了的节奏被打破了。那是个还不满一岁，脖子四周和手脚上都胖出好多条褶子的敦实男婴。十分有婴儿特色，哭声也很正统。不讲究策略，纯粹只是因为想哭才哭。

大多数父母都是迫不及待马上来接自己的孩子，但这次的情况却有所不同。尽管相扑队员站在土俵台下摆出随时准备移交婴儿的架势，人群中却没有要去接应的人。从来没有遇到过的情况使他露出了困惑的表情，他着急地环视四周，夹在婴儿腋下的两只手也不自觉地抖动起来。婴儿完全不知道自己身上发生了什么，仍然两脚蹬在地上，大声哭着。

就是这个婴儿吗？我寻找的婴儿……

我突然心跳加速，额头上冒出了汗。这是多么完美的小孩呀。大腿的褶皱里夹了一些灰尘；小鼻子一会儿鼓起一会儿瘪下去，精力充沛；小嘴轮廓清晰，显得很机灵；虽然深陷在胖脸蛋里，但那双黑黑的眼睛依然肆无忌惮笔直地盯着世界。

抱着这个孩子时会闻到什么味道呢？一定是那种只有婴儿才有的特殊味道。他肯定比我想象的要轻，让人不知道该往哪里怎么用力才好。指甲也好，耳朵也好，脚踝也好，都如此小，他肯定会轻得令我不安。抱着他，我会产生臂弯空空的错觉，担心得忍不住用脸去蹭蹭他的脸颊。

现在如果我稍稍张开双臂，相扑队员大概就会把婴儿递到我手中吧。相扑队员心神不定，不知该怎么应对这个婴儿。终于，婴儿大声地哭起来。

我终于再次见到了那个我一直在寻找的婴儿。他是曾经被我推进井里的婴儿，是我的弟弟，是我本应该生下的孩子，不，就是我自己。

"让一让。"这时一个女人拨开人群，跑过来。

"对不起，我来晚了。"

那个女人天真地笑着，就像按照事先规定的记号选择卡片那样，毫不犹豫地把手伸向了婴儿。婴儿被抱在了她的怀里。相扑队员安下心来，准备迎接下一组比赛。女人不停地叫着婴儿的名字，可是婴儿的哭声太大，我没有听到名字。

（原稿零枚）

次日（星期一）

看了一天三岛由纪夫的《金阁寺》。主人公沟口和徒弟鹤川一起去南禅寺散步的场景，我反反复复看了很多遍。

两人爬上山门凭栏眺望景色时，看到下面的天授庵里有一个年轻的女子。尽管是战时，女人却穿着鲜艳的长袖和服，坐在铺着绯红色地毯的客厅里，为穿着军服的陆军军官点茶。她并没有意识到自己被两个修行僧偷窥。不久女人解开衣襟，将自己的奶挤入茶碗里，男人端起茶碗一饮而尽。

沟口想象着那乳汁滴进茶碗里泛起白沫的情景，仿佛目睹了另一个世界的风景一般心旌摇曳，在男人和女人离开后也一直呆呆地望着只剩下红色地毯的客厅。

比起金阁寺燃起大火的部分，小说开头描述的这个故事给我留下了更深的印象，看到沟口划着火柴准备点燃一束稻草的段落时，我仍然念念不忘滴乳汁点茶的那一段。因此，又翻了回去，返回南禅寺的场景。火烧国宝金阁寺和挤乳汁点茶比起来，究竟哪个更罪孽深重，我无法判断。

后来，沟口偶然再次见到那女子，并且两人结成了不寻常的关系。但是，我感到不可思议的是，对于沟口来说，最重要的终归只是乳房本身这一点。从山门楼上窥见的乳房出现在自己面前时，他从中看到了金阁寺。为了征服女人，就必须把金阁寺之美据为己有，他陷入了这样的妄念之中。

但是在这种场合，关键的并非乳房而是母乳吧？

我小时候肯定也是喝过母乳的，然而到底是什么滋味却忘记了。记得看着弟弟用奶瓶喝奶时心里想"一定很好喝吧"，但是自己喝母乳时却没觉得有多么好喝。母亲的奶水不好，不够的部分就辅以奶粉。

没错，小时候觉得那奶粉罐里的奶粉特别诱人。鸡雏般柔软的黄色、精细至极的细腻、媲美点心材料的香甜、商标上婴儿微笑的红润脸蛋，我常常忍不住想要将食指插进罐子里尝上一尝。

可是，我的念头一直被母亲严厉禁止。

"会带进细菌的。"

就是这个理由。给刚出生的纯净无瑕的婴儿吃有细菌的奶粉，马上就会死掉，母亲这样吓唬我。我盯着自己的食指看，她说得对，这手指上沾着吃饭时的人造奶油、蜡笔、鼻涕、眼屎、狗屎等乱七八糟的东西呢。

我特别喜欢看母亲冲奶粉时的动作，的确充满了不能让一点点细菌混进去的气概。奶瓶放在专用的铝制筒锅里煮沸消毒，时间严格控制在十二分钟——放在煤气灶台旁边的计时器咔嗒咔嗒地计时——母亲一直盯着看奶瓶是否完全沉入锅底，稍微有点浮起就马上用长筷子摁下去。嘀嘀嘀，定时器响了。这时，弟弟的哭声更大了。但是母亲绝对不会着急，使用特制的器具小心地把奶瓶夹出来。

那个器具叫什么呢？除了冲奶粉时，我没有看到它再被使用过。

整体形状很像剪子，将拇指和中指伸进它的圈里一张一合，就能够用钳子状的前端夹住奶瓶。虽然只是弯曲铁丝做出来的简单玩意，仔细一看却发现它造型精巧，使用时也从没摔过一次奶瓶。得益于那精妙曲线和冰冷银色，奶瓶被赋予了特殊的存在感，冲奶粉带上了做化学实验的色彩。

既然是化学实验，当然要准确地测量奶粉。用配套的小勺舀好后在覆盖罐口四分之一的薄金属边缘一滑，平平整整得到正好一杯的分量。没有任何缝隙，不多不少，奶粉在勺子的表面保持着绝对的平面。只是简单的金属边就能起到这么大的作用，我为之惊叹。好容易制造出的平面却立刻被投入了奶瓶里，令人非常可惜。要是能够尽情地欣赏那个平面该有多好啊。

倒热水的手腕倾斜度，观察刻度的眼神，测量温度的手心，母亲的动作一丝不苟。她相信，为了宝贝的婴儿不会因姐姐的细菌死掉，无论多么小心也不过分。

　　和如此严格的冲奶粉比起来，母乳的毫不设防到底是为什么呢？既不煮沸消毒，也不准确测量。试验器具般的夹子、制造平面的金属切片都派不上用场，只要把乳房露出来就够了。如果那个穿长袖和服的女人将冲泡的奶粉滴入茶碗的话，它就会与茶道礼法自然融合，沟口也不会因此被扰乱心智了吧。

　　昨天在宝宝哭相扑比赛现场，看到了好几个吃母乳的婴儿。母亲也好，婴儿也好，都堂而皇之，实在是自然、透明，乃至原始的。卷上去的衣服下面露出的一点乳房，在透过树叶缝隙的光线照射下，血管清晰可见，圆鼓鼓的。围着相扑围裙的婴儿以不惧窒息的势头把嘴唇埋在那鼓胀的乳房里，嘴巴张得老大，下巴到喉头的肌肉不停歇地起伏着，两只眼睛都忘记了眨，死死盯着一个地方。相反，当母亲的非常放松，似乎一心想着和喂奶毫无关系的事情。尽管如此，母乳依旧从里面源源不断地涌出来。

　　说起来，在人类从身体里排出物质的行为中，唯有母乳是逃脱了排泄物这一定义的。其他的都被看作是人体不需要的东西，没有人花费心思去琢磨它们被排出来之后的用途。当然也有的会用作土壤的肥料起到某些用途，但那是离开人体之后的事，已经和当事人没有了关系。

尽管母乳和眼泪、汗水、油脂一样，都是从皮肤表面的腺体出来，却再度被吸收进人类体内，使三千克的婴儿增大一倍，让即将出征的军人铭记还未见到的婴儿的温暖，让年轻的僧人火烧金阁寺。

我想象起那加了母乳的点茶之味。当时乳汁是碰撞到茶碗内壁飞溅开去的，还是一滴一滴滴落下来的呢？和服的衣襟有没有被弄脏，红色的地毯有没有留下奶渍？乳白色和黄绿色混合后会是什么样的，是彼此顾忌似的分为上下两层吗？母乳和点茶，哪个的香气更浓郁呢？陆军军官是否像婴儿一样，舌头上残留下白蒙蒙棉絮般的渣滓呢？

我浮想联翩，一直离不开南禅寺那页。

母亲不在旁边的时候，弟弟一哭闹，我就用自己的方式去哄他。我把手指放进他的嘴里，于是弟弟立刻把它当成奶头，吱溜吱溜地嘬起来。嘬不出奶来，他以为是自己嘬得不够好，拼命地加快速度。嘬食指的力气那么大，让人难以相信竟然出自这样小的生命。他的舌头把留在食指上的细菌嘬得一干二净。

每次我把手指抽出来后，指尖都会变成像死人一样的紫色。

傍晚的地方新闻播了《新叶》节目，我又看哭了。

（原稿零枚）

六月某日（星期三）

今天收到了"背诵俱乐部创始者 G 先生追思会通知"。

……众所周知，上个月，G 先生永远离开了我们。因此，拟召开追忆 G 先生的聚会，敬请原背诵俱乐部的成员们参加。和想念已久的人们重新聚首，畅谈在俱乐部时度过的岁月，是对 G 先生最好的祭奠。衷心地期待大家的光临。

另外，由于准备工作的需要，麻烦各位于十五日之前将出席与否的明信片寄来……

背诵俱乐部是我小时候参加的活动，类似私塾，由一位老妇人——住在附近的原小学教师在自己家里开办的。顾名思义，就是背诵古今东西文学作品的俱乐部。能否有效提高学习成绩是个未知数，总之还是有很多孩子报了名。母亲一向对孩子的学习没有兴趣，但居然同意我去参加这个俱乐部。这可能是因为老妇人是母亲裁缝铺的老主顾，常常来定做高价的西服，所以她觉得即便交纳学费也很划算吧。

据说老妇人原本是个有钱人，一个人住在知名建筑师设计的小洋楼里。拱形露台和砖瓦烟囱是其特征，院子里甚至有和植物园不相上下的温室。只是温室里到处扔着碎玻璃，里面的植物全都枯死了，变成木乃伊般的树干和树枝胡乱缠绕着。

俱乐部的活动在每周六的下午于朝东的半圆形温室里举行，从一点到两点半。每月选定一本教材后拼命背诵，到了最后一个周六，大家比赛看谁背诵得错误最少，最后全体一起齐声背诵。

老妇人是怎样指导的，给了我们哪些记忆的诀窍、发声方法的建议或作了怎样的教材讲解，我都没有一点印象。她好像只是悠然地坐在温室中央的摇椅上。

"好好记住，使劲好好记住。"

这是她的口头禅。有的孩子偷懒或调皮的话，她立刻说出这句口头禅。

"要记住。"

这句话里含有可怕的力量，把我们不由分说拽入背诵的海底。在一个半小时的活动中，她有时只说"好好记住"这一句话。

选择的教材五花八门，有杜立德医生故事、鹅母亲童谣集、宫泽贤治的作品、勒纳尔的《胡萝卜须》①或王尔德的《快乐王子》之类适合孩子们的作品，也有中岛敦②的《李陵》、鸭长明③的《方丈记》、莫泊桑的《羊脂球》等等完全看不懂的东西。

但是，俱乐部的方针并不在于理解内容，只是单纯地死记硬背。即便有不明白的单词，只要标注上假名就全部搞定。教材上满是用蓝色圆珠笔细细地标注的假名，渗透

---

① 《胡萝卜须》，法国作家朱尔斯·勒纳尔的作品，描写了一个饱受家庭虐待的孩子。

② 中岛敦（1909—1942），日本作家，出身汉学世家，作品《李陵》取材自中国古典文学。

③ 鸭长明（1155—1216），日本平安末期的歌人，《方丈记》是其代表性随笔集。

出"一个字都不可疏忽"的信念。

也许是出身的缘故，她无论对什么东西都喜好一流的。比如请母亲做的西装，不单是料子，从纽扣到里子乃至包缝①，都非是最高级的不可。俱乐部活动时，她穿得像出席重要活动一般，头发修剪得就像刚刚从美容院做完出来似的，身上总是散发着外国香水的味儿。两点半后是下午茶时间，银色托盘上摆放各种茶点，即便从孩子看来也是充满浪漫之情令人不禁赞叹：热水壶、砂糖罐和点心碟子上都有着配套的可爱图案，小勺和叉子闪着雪亮雪亮的银光，茶杯镶着的金边使人觉得连端起杯子喝茶都会惶恐万分。

端出来的点心更是令孩子们犹陷梦中。萨瓦林②、俄罗斯蛋糕、糖渍栗子、奶白杏仁冻……对于只知道附近粗点心店的我们来说，全都是有生以来第一次见到。参加背诵俱乐部的大多数孩子，大概都是冲着这点心来的。

老妇人装模作样地逐一给每个杯子里倒上茶后，再把点心分别放在一个个点心碟子里。时间漫长得让人担心永

---

① 包缝，从表面看不到针脚的缝纫法。
② 萨瓦林，一款好吃的法式传统糕点，特点是中心部分凹陷。

远也轮不到自己似的。

入会不久，我就发现自己比别人背诵得好。记住文章一点也不觉得费力，不用太努力就可以顺顺溜溜地不断地往下背。翻译作品、古典作品、诗歌，无论什么类型的文章都没有问题。记忆的方法无非是一心一意地看书，并没有特别的诀窍。但是，在坚持不懈的过程中，印刷的文章们逐渐变活，站了起来，从平面到空间，开始随便移动了。

打比方的话，一个个单词就像小鸟那样扇动翅膀，聚集起来，排成队列飞向空中，之后剩下的就是顺从鸟儿们归巢的本能，抵达故事应该去的地方；有时候词汇们会跳舞，它们的动作一点点衔接上，互相呼应着变成舞蹈，犹如花样滑冰选手从头到尾展现的连续动作一样不会出错的词汇之舞。

那么对我而言，背诵就相当于用眼睛追寻候鸟的飞行路线，鉴赏舞台上的舞蹈。

虽说没有跟老妇人学到任何东西，不过在一个比较长的时间段非常努力地背诵，对日后做梗概书写可以说多少有些影响。如果我没有参加背诵俱乐部的话，大概与梗概讲解员就无缘了。看书直至背诵出来，这期间自然而然地把握了队列的轮廓或构成舞蹈中心的节奏，因此能够很流畅地说出梗概了。

只是，我在俱乐部里绝对不是优秀生。因为从背诵速度或准确度来讲尽管我是第一，可是每当背诵的时候，我的声音总是特别小。老妇人偏执地喜欢清脆的声音，相信背诵必须是大声的才行。

在俱乐部的成员中，有个老成且格外可爱的女孩子，是皮肤科医生的独生女。她穿着有蕾丝边的袜子，眼睛不必要地睁得大大的，黑眼珠滴溜滴溜转个不停。记忆力不是那么好，但背诵时有着震动温室玻璃窗般的气势，声音充满感情，很讨老妇人喜欢。与她相反，我的声音就像温室里干枯的植物们一样难听，完全没有生气，沉闷阴郁。经常越背诵越是让老妇人烦躁。

即便是记得不那么准确的地方，皮肤科医生的独生女也会运用夸张的抑扬顿挫和声情并茂的技艺巧妙地糊弄过去。她的声音和态度里，有着即便有错也让人不得不肯定的明朗。而我的声音，无论背诵得多么准确无误，就像犯了什么错误似的带来不安稳的回声。我一开始背诵，老妇人就垂下眼睑，仿佛在叹息这个孩子为什么就是不会发出清脆声音这么简单的事情似的，露骨地皱起眉头或是摁住太阳穴。

每当背诵完一本书，最后全体一起背诵的时候，排列的位置是固定的。皮肤科医生的独生女在最中间，我在后排的最边上，几乎被窗帘遮住的位置。

我们齐声背诵了《罗生门》①《蜻蛉日记》②《谷克多诗集》③，还背诵了《山椒鱼》④《没有画的画册》⑤《变形记》⑥。大家都踮着脚尖，伸着脑袋，盯着比自己高的地方，尽可能发出响亮的声音。皮肤科医生的独生女总是挺着胸脯，领头引导大家的声音。词汇和词汇互相重合，文章波涛汹涌，声音不知何时渐渐变得和教堂中回响的祈祷一样。靠在躺椅上的老妇人，成了祭坛上被祭祀的神主，满意地倾听着膜拜者的声音。只有我一个人的声音沉入回声的底层，咽了气。

上六年级后的春假，我得盲肠炎住了院，缺席了一段

---

① 《罗生门》，日本作家芥川龙之介的代表作之一。

② 《蜻蛉日记》，日本古代女作家右大将道纲母用假名文字写成的日记体文学作品。

③ 《谷克多诗集》，法国作家让·谷克多的诗集。

④ 《山椒鱼》，日本作家井伏鳟二的著名短篇小说。

⑤ 《没有画的画册》，瑞典童话作家安徒生的短篇小品文集。

⑥ 《变形记》，奥地利作家弗兰兹·卡夫卡的短篇小说。

时间的背诵俱乐部的活动。快出院的前一天，老妇人来看望我。

"真是受罪啊，下周你就可以来俱乐部了吧?"

当时母亲恰好不在房间里。

"是，大概……"

按说麻药的药劲早就过了，可不知怎么，我的脑子有些犯迷糊。越是急于发出大声，胸口越是难受，只发出了比背诵时更难听的声音。

"不过也不用太勉强，好好休养一下吧。"

她的语气从来没有过地温和。穿着母亲做的绸子衣衫，胸前戴着浮雕胸针，每当她动弹时，脖子上系的绸带就跟着晃动，螺钿纽扣闪闪发光。

"好……"

"不用担心，你很快就会追上大家的。"

老妇人露出微笑。

"这个是我专门给你做的蔬菜汤。"

说着，取出用头巾包裹的暖水瓶，放在床头桌上。

"这是年轻时学习法国料理的丈夫亲自教我做的，花了两天两夜煮出来。全都是蔬菜的精华，特别有营养，也容易消化，所以放心喝吧。"

她拿起解下来的头巾，像挥动旗子般飘舞着走出了病房。

晚上，我打开暖水瓶——这是和那个温室很相称的优美的暖水瓶——的盖子，往塑料杯里倒了一杯，杯口冒出柔软的热气。

喝了一口，过了片刻又慢慢喝第二口。我盯着杯子，又往暖水瓶里面看，使劲闻味儿，继续喝光了这杯。为了慎重起见，我摇晃了几下暖水瓶后再倒出几杯，半强迫自己喝了下去。可是不管喝多少杯，都不过是普通的白开水。

在医院昏暗的洗脸间里，我把暖水瓶里剩余的水都倒掉了。热气飘浮在四周，久久不散。

我给"背诵俱乐部创始者 G 先生追思会"寄去了缺席的明信片。

（原稿九枚）

七月某日（星期日）

为了观摩现代艺术盛典，我坐飞机然后换乘新干线，去了名叫 T 的很远的城市。

在指定的车站停车场等着，看到参加同一个活动的男女老少不知从哪儿渐渐聚齐到这里，互相点头致意。

肥胖的大学男生、系着过时领带发质细软的上班族、瘦如仙鹤脸色难看的姑娘、围着过季围脖的妇人、留着长长假指甲的美女，加上我，两男四女，一共六个人。

"人都到齐了吧？很准时啊。非常好，真是个良好的开端。那么请大家到这边来。"

说着，导游就把我们领到了一辆面包车跟前。

　　和预想的相反，导游的年纪非常老。要不是脖子上挂着装在塑料夹里的导游证，手里拿着替代小旗子的印满艺术盛典商标的大花手帕，我觉得他根本就是坐在医院候诊室的衰弱老大爷：弓着后背，手指骨节突出，脸上皱纹深得都看不清楚他到底长什么样，声音嘶哑，假牙好像也咬合不严，裤子肥得邋里邋遢的。

　　"好了，咱们出发吧。"

　　根本不在意我的担心，导游熟练地最后确认了人数，给司机发出了出发的手势。

　　这次盛典并非在某个美术馆，而是利用休耕田、农棚或废弃学校等场所展出作品，是一个分散在城市各个地方的现代艺术展。因此，像我这样不会开车的人就得参加有导游陪同的参观团。我选择的是"西南部参观短线"，车驶出停车场几分钟后就进入山路，周围全是浓郁的绿色。

　　"现在跟大家说明一下。"

　　简单说明了一天的日程安排和预定鉴赏的作品之后，导游从副驾驶席扭过上半身，特别强调了一个注意事项。

　　"要严格遵守时间。这一点请务必铭记在心。"

　　导游咳嗽了一声，趁机用舌头对齐了假牙，依次看了我们每个人一遍。

"参观场所里规定了每一处的集合时间，请严格遵守。无视'请勿触摸'的注意事项牌偷偷触摸，偷偷打开'禁止入内'的门，大声喧哗，虽说都是不文明的行为，但是比起不遵守集合时间的愚蠢行为来，都算是可爱的了。只要我担任导游，'西南部参观短线'的面包车就会按时出发，没有例外。哪怕迟到三十秒，就不可能再上这辆车了，请各位心里有个数。如果没有赶上车，就只能靠个人的本事拦车、徒步翻山越岭或在野外过夜，自己想辙回来了。大家都听清楚了吗？顺便提醒一下，这一带常有熊出没。"

被最后这一句叮嘱吓住，我们纷纷回答"听清楚了"。

"我们是乘同一条宇宙船的临时旅客，前往广袤的宇宙去观看一颗颗星星，以参观的轨迹描绘星座。倘若从宇宙船上掉下去的话，那里可是一片漆黑哦。"

导游说完想要说的话之后，心满意足地独自点点头，把身体转了回去。

听完注意事项之后，大家都一直沉默着。肥胖大学生和软毛上班族在研究旅行指南，仙鹤女凝视着映在玻璃窗上自己苍白的面孔，她旁边的假指甲美女在打盹，围脖妇人一直专注于给围巾穗儿编小辫然后再拆开的行为。

山体忽近忽远，其间偶尔视野开阔，能看到村庄、石墙围着的梯田。插秧已经结束，水汪汪的梯田绿油油的，仿佛飘浮在空中。一阵风吹来，树木沙沙作响，荡开层层绿色波纹。每当拐弯的时候，光线就发生变化，一会儿被暗影包围，一会儿万丈光芒地从前方射来。四外看不到一个人影。

结果，直到翻过一座山到达第一个鉴赏作品的地点为止，没有一个人说话。

在沿河的丘陵山脚下，面包车停下了。

"在这里的参观时间是十分钟，出发时间是十二点二十五分。记住了吗?"

此时我刚刚意识到，导游干瘦的手腕上戴着一块沉甸甸硬邦邦透着股严肃劲儿的手表，看上去十分不协调。

导游这样发话之后，我们下了车，沿着小路上了山坡。没想到导游比所有的人都身姿轻盈，晃荡着垂到胯下的导游证，将旗杆当拐杖，轻轻松松走过岩石和坡道。我必须小跑着，才能紧跟在那瘦小的身影后面。他就像看似柔弱却皮实的动物幼崽一般。

登上覆盖着草地的山坡后，便看到雕塑耸立在眼前。

它是由横竖各两根白色细铁棍组合起来的巨大正方形，大约有三米高吧。上部覆盖着两块薄薄的透明布，从这边往那边随风飘荡着。

"为了许许多多失去的窗户……"

假指甲女代表大家念出了雕塑的题目，其余五人发出了不成调的"哇……"，然后各自仰脸看窗户、触摸窗帘或拥抱铁棍。

周边是一派开阔的好景色，除了我们之外没有其他的参观者。没有任何东西遮挡视野，可以望见遥远的群山。虽然没觉得有什么风，窗帘却不停地飘荡，形成优美的曲线，仿佛照精心计算的图形临摹而成似的。它白且透明，不管多仔细看都没有一点污点，柔软得让人忍不住想将脸贴在上面。曲线和铁棍的直线协调在一起，犹如朝着天空竖起的简洁标记一般。

窗户下面直到正方形的底边，设置了好几个台阶。软毛上班族、仙鹤女、围脖妇人、假指甲女依次走上了台阶。

"原来是这样的呀。"

"哇……"

"真舒服啊！"

"还是要上来看才好看。"

　　每个人一边窥视窗户里面，一边发表自己的感慨。肥胖大学生和我互相谦让，但顾忌到集合时间，本着女士优先的原则，就让我先上去了。

　　只上了几个台阶，视野便开阔了很多。天空更近了，河水沿着平缓的斜坡流淌着。一阵风刮过，窗帘飘荡得更剧烈了。

　　最后轮到大学生了。他仿佛不确定自己的体重会不会有问题似的，缓慢地登了上去。大家都在下面等，看不到导游的身影，不知是不是回车上去了。

　　和大家一样，看了一会儿风景之后，大学生眯起眼睛，做了个深呼吸，把脚搭在窗户框上。我们知道他想要干什么，都异口同声地阻止他。

　　"还是不要做比较好。"

　　"别太孩子气啦。"

　　"扭了脚可就麻烦了。"

　　"导游会生气的。"

　　可是，大家的声音被风刮走，随着河流消失得无影无踪了。大学生毫不犹豫地随着窗帘的晃动，从窗户这一边跳到那一边去了。在相当短的瞬间里，他飘浮于空中，沐浴在穿透窗帘而来的光照中。紧接着，只听见地面响起沉重的扑通一声，两个脚脖子似乎无法承受过胖的身体，他腿一弯坐了个屁股蹲儿。"没事吧?"声音刚落他就起来了，拍了拍裤子上的杂草，朝着河流哗哗流淌的山谷跑下了山坡。背影雄赳赳的，仿佛在告诉大家：我不过是将事先预定的计划付诸行动而已。

"喂，你要去哪儿呀?"

假指甲女喊他，他却没有回头。

"集合时间……"

我终于忍耐不住，说出了最担心的事，大家伙就好像不愿意听到似的都沉默了。这时，大学生的背影越来越远，在树丛中时隐时现，渐渐地融入波光粼粼的河面，看不见了。窗户依然耸立在那里。

"他从那边是回不到这边的，肯定。"

仙鹤女声音沉稳地说道。大学生刚才坐了屁股蹲儿的地方，被蹭掉一块草皮，地面凹下去，看来像这样从窗户跳下来的绝不止他一个人。

"咱们走吧。"

不知是谁先说的，我们顺着来时的路走回到了车里。

"大家听好了，"导游不知怎么的，心情特别愉快，"现在是十二点二十五分，出发去下一个参观点。"

他伸出左胳膊，看了一眼过重的手表，对肥胖大学生没有上车一事毫不在意。缺少了一个成员，车子照常开动了。大学生坐过的座位和刚才的地面一样，是凹陷的。

一离开山区，云朵远去，阳光变得强烈了。上班族脱掉上衣只穿着一件衬衫，导游用花手帕旗子擦脖子上的汗。

在汽车行驶途中，我丝毫不敢松懈，或许有作品隐藏在风景中呢。以为只是工地，其实是钢筋制作的漂亮艺术品；被银光灿灿的三根铁棍迷住了，结果不过是小学校的校旗旗杆。我连半圆形的土窑屋顶、高压电线、汽车站的长椅子都不放过，不由自主地盯着。

"这就像是采蘑菇的第二天，只要是土里长出来的东西，看什么都像是蘑菇。"

围脖妇人一边仍然不停地编着穗子，一边说道。看样子无论多么热，她都不打算摘掉那围脖了。

下一个鉴赏的作品是过去的纺织作坊，导游给的时间是十七分钟。

纺织作坊位于国道边，是个窗户被木板钉死、没有任何装饰的木头建筑。一走进去，立刻被黑暗包围了。在视力恢复之前一直看不清楚，也不知天花板有多高，里面有多深。足有体育馆那么大的房间里挂了很多油灯，散发着乳白色的光明。可是，为什么还这么黑呢？凝神细看，原来并非一般的照明用具，灯伞都是用蜡固定的 T 恤。而且 T 恤上或有汗渍或是开绽的，明显地留着刚刚被什么人穿过的痕迹。有的底边卷起，有的袖子抻得过长松松垮垮。有大人穿的，也有婴儿穿的。

我们嘎吱嘎吱走在地板上，缓慢地往里行进。一件件 T 恤包裹的光照在每个人的脚下制造出一个个椭圆形的小光圈。和煤油灯同样数量的那些小光圈在地板上排成了一列，它们并没有照亮周围的黑暗，只是悄悄地停留在自己的位置上。因此，黑暗一直持续着。

终于走到了最里面，回头一看，才发现从天花板吊下来的煤油灯们微妙地调整高度，由里向外呈现出一条斜线。最里面的 T 恤处于低位，越往入口去就越接近天花板。尽管不是像尺子量出来的那样规范，却让人感觉在哪里有什么东西在和缓地控制着。光亮仿佛都顺从，或者说悠然地走在绝对不能返回的规定路线上似的。

为了不干扰它们的步调，我们尽可能不发出多余的声音。为了不让地板发出嘎吱声，我们都蹑手蹑脚地走路。注意防火的标语、配电盘、打卡机等，这些纺织工厂的遗留物品都温顺地待在黑暗之中。

"它们是在升天途中吧。"

仙鹤女的声音在耳边响起。在前往天堂的光照下，仙鹤女的侧脸愈加像仙鹤了。

在第二个参观场所里，我们对于时间的分配已经心中有数，掌握了互相传递无声信号的要领，大家一齐上了二楼。这里没有黑暗和光照之别，只有毫无防备暴露在光明中的空间。房间被白色的细尼龙丝覆盖着。肆意缠绕的尼龙丝线，犹如自然生长的植物那样，仿佛繁殖过剩的微生物一般，从天花板一直蔓延到墙壁和地面。

我回想起很久以前参观过的奥斯维辛集中营。犹太人被割下来的头发堆积如山，覆盖了整个展示柜。自从那次以后，每当看到蓬生的线状物体大量堆积在一起时，我就会想起犹太人的头发。看到石棉堆满大楼的拆解工地，或是水母异常繁殖的新闻里触手缠绕着漂浮在海里时，也会立刻回到奥斯维辛集中营。不知何时，只觉得自己站在冰冷的奥斯维辛的地上。

大多数头发的色素已经退却，不知原来是什么颜色，但仍然没有腐烂的迹象，安静地待着。它们从原来的肉体上被扯下来，肉体已经消逝，自己却无处可去，只能继续发呆；又好像连发呆都已厌倦，只是听凭时间无休止地流逝开去。

围脖妇人蹲下来观察即将抵达脚边的一团团尼龙丝；假指甲美女试着用她的指甲解开尼龙丝；仙鹤女想要寻找没有回来的大学生，凝视着窗外大片的农田。

这些难道是煤油灯们失去的头发吗？我踮起脚尖，想要够到天花板上垂下来的尼龙丝。这时，我看见上班族踩在被尼龙丝覆盖的地板上，朝房间中央走去。我们同时发出了"啊"的叫声。

眼看着他被吸入密集的尼龙丝团深处去了。白色衬衫和尼龙丝混在一起，轮廓逐渐变得朦胧，黑色头发也在蕴含着光的一团乱麻中渐渐地失了色。由于原本就是细软毛发的缘故，它连像样的抵抗都没有，轻飘飘地和周围融为一体。

"就像奥斯维辛的头发一样。"

没有人回应我的低语。

"那里是禁止入内的呀。"

假指甲美女呼喊他。此时，尼龙丝还在侵蚀男人的皮鞋，从脚脖子向着大腿拓展范围，并死死地裹住了手指。犹如被蜘蛛丝粘住的昆虫一般，男人渐渐地不再动弹。

"比起进到禁止入内的地方，迟到更不好，导游这样说的。"

仙鹤女的口气依然泰然自若。

现在，男人的头发和那些在收容所里等候长年不回来的主人的一样，已经悄无声息。

假指甲美女咳嗽了一声，围脖妇人系紧了围脖，以此为信号，我们走下了楼梯。没有人回头去看尼龙丝团以及那一串煤油灯，离开了纺织工厂。

我们在溪流边的某温泉旅馆吃了午饭。这是个木制平房小旅店，就像用拐杖支在河边斜坡上一般。屋顶瓦片上蒙着绿苔，后院里晾晒着衣物，玄关前泥房里的巨大铁锅里已经蒸好了米饭。

之后被带进一个八叠大小的房间，房间里光照很好，有地炉，装饰着黑熊标本。我们无意识地数着准备好的料理份数，按照导游、我、围脖妇人、假指甲美女、仙鹤女的顺序一字排开坐下。无论怎样注意座次，还是余下了角落里的两份。

不过，导游当然对此毫不在意。大概是肚子太饿了吧，他馋得眼睛放光，晃荡着长长的导游证，使劲窥探着吊在地炉上的锅。锅里面在煮熊肉汤。

旅店老板娘抱着铁锅进来上菜，房间里变得特别狭窄。导游给五个饭碗里盛了饭，五个木碗里分了熊肉汤。也许这也是导游的工作之一吧，他的服务很周到。米饭盛得很棒，冒着漂亮的尖；汤的肉汤比例很协调，分在五个碗里，均匀得好似经过计算一样。之后我们无须再消减或添加。其间，黑熊标本一直目不转睛地盯着我们。

那是一个很旧的标本，黑熊的毛色失了光泽，月牙形印记发了黄，鼻头已经生了霉。龇牙的表情并非是想显得更吓人，看着只像是散步途中偶然的回眸。就脸而言，玻璃眼珠太小，黑色和深褐色形成了旋涡。

看上去没有其他客人，河流的哗啦哗啦声也很遥远，房间里只有我们的咀嚼声。

"河里能钓什么鱼呢？"

"冬天恐怕只有厚厚的积雪吧。"

"这只熊，是公的，还是母的？"

尽管偶尔有人开口，却没人接茬，于是马上又陷入了沉默。大家都尽可能不去看那没有人的两份餐，因此眼神变得非常生硬。此时那两个人怎么样了？好像每个人心里都在祈祷，希望大家不要谈起这个话题。

这其中，导游表现出旺盛的食欲，很快添了一碗饭。无论戴着多么重的手表，他添饭的动作都十分轻盈，自如挥动着巨大的饭勺。

熊肉汤是大酱汤风味的，里面放了各种各样的蘑菇：软塌塌的，黏糊糊的，脆生生的；圆形的，椭圆形的；菌杆粗的，曲的……它们在发甜的浓汤里，互相碰撞纠缠在一起。导游之后，假指甲美女，然后是围脖妇人，不久就连仙鹤女也伸出碗来添了饭。我知道与其说大家都饿了，不如说是想通过添饭尽量减少沉默的压抑。

"好嘞，加饭！"

每当此时，导游就高高地举起饭勺。

"还有好多呢。"

理所应当似的，导游添了第三碗饭。

我搅动了一下熊肉汤，从底下浮上来几块肉片，是黑乎乎、结实的肉。此时不知怎么的，我和黑熊对视上了。

"你打算吃这东西吗？"玻璃眼珠仿佛这样问我，"你真的要把它喝进嘴里，咽下去吗？"

在黑熊标本旁边，仍然保留着两人份的饭菜和坐垫。我心里暗想，说不定那两个人都被这只熊吃掉了呢。

"饭后休息十五分钟。"

这时导游大声宣布了下午的日程安排。

"大家听着，面包车两点二十分出发。"

我们四个人手里端着熊肉汤，无力地点点头。

由于导游出色的引导，午餐后的参观也准时而严谨地推进着。在观赏峡谷隧道里排列的木炭雕刻、森林中吊着的直径十六米的铁环、古老民居客厅里摆满的陶器花朵等等的作品期间，我们四个人无一掉队。

看起来，没了男人只剩下女人之后，反而成了一个整体。自古以来容易走丢的就是男孩们。无论是在百货商店还是海水浴场或是远足时，不顾及后果就擅自离群迷失在大人们找不到的死角，那大多是男孩。或许是他们的视网膜纹样与女孩有所差异吧，所以焦点模糊。

参观、移动，参观、移动，随着身体习惯了这样的节奏，我想起曾经和生活改善科的小 R、作家 W 小姐一起去参观盆栽节时的景象。那时候也是一直这样重复着，欣赏了一个盆栽后往前走几步，再停下来欣赏另一个盆栽。架子下蹲着的矮脚鸡看着十分可爱。

我害怕的并非自己迷路，而是原本在自己身边的人不知何时离我而去。参观盆栽节时，本来是三个人的，可是回去时就剩我一个人了。W 小姐和小 R 坐在榉树下，又是吹小号，又是抚摸青苔，非常享受，迟迟不肯离开。矮脚鸡都紧挨着他们，W 小姐几乎是搂着两只矮脚鸡恨不得要亲吻它们鸡冠的架势。当时，我试着小声招呼它们"到我这儿来"，根本没有效果。

不仅是盆栽节，沉下心回忆的话，我的人生不正是在不断失去吗？和子、阿音、Z 先生、翻曲谱的 J 子女士、派对蹭吃者、宝宝哭相扑比赛的婴儿、背诵俱乐部的先生、小 R、W 小姐、肥胖大学生、软毛上班族，所有的人都弃我而去，消失不见。无论我怎样眨眼睛，他们的身影再也不会出现在我的视网膜上了。

"什么忙也帮不了。"

这句话我在日记里不知写了多少遍，数都数不清了。

虽说一行人只剩下了四个女人，但并不等于关系变得亲密融洽。我们仍然很少说话，尽量尊重彼此的宁静时间。没有一个人做出探寻他人隐私、炫耀写作方面的知识、多管闲事或兴奋过度等浅薄之举。在面包车里，四个人分别坐在四个角落里，尽量不挨着别人（由于少了两个人，座位很宽松）。观赏艺术品时，也保持着适当的距离。即便偶尔有人发表感想，也都是自言自语。

"这儿恰好掉了几粒猫头鹰的粪球，反倒画龙点睛了。"

"这么细，这么凉，真想把它折断呢。发出的声音肯定和腓骨折断时一样。"

"这个和刚才喝的熊肉汤是一样的颜色。"

感想都是独特的，尤其是仙鹤女的感觉最为敏锐。

不用说大家都很留心集合的时间。午餐后，导游的兴致越发高涨，宣布集合时间的语调或说话时挥动手臂的气势中，已然没了任何畏惧。看似廉价却沉甸甸的手表，在他骨节突出的手腕上闪烁着厚颜无耻的光。

即便在这样的时候，我仍然对同行者们有了新的发现。从院子里隔着窗户看插在旧民居客厅里的陶器花朵时，偶然一低头，假指甲美女扶在窗框上的手指映入眼帘。起初我以为不过是喜欢漂亮的美女把指甲描绘得花哨而已，但是仔细一看，它们有着不亚于艺术品的存在感。十个指甲的图案全都不一样，而且非常复杂，却没有一条多余的线条。配色以绿色和驼色为基调，几乎比得上油画的规格，上面还有很多立体凸起。她的指甲比较长，但再长空间也有限，假指甲美女将每个角落都有效利用到了。虽说如此，却没有用力过度的感觉，整体看去恰如其分地统一。

"啊，这个吗?"

假指甲美女注意到我不由自主地看入了迷，罕见地跟我搭话。

"这是水虿羽化。"

"水虿?"

"对，描绘的是蜻蜓水虿羽化时的样子。从右手小指到左手小指，按顺序。"

她啪地张开十指给我看。果然，右手小指上画着一只水虿，腿脚纤细弯曲，细长身子一节一节地清晰透明。背景好像是水，湿漉漉的感觉和微波涟漪都得到了很好的表现，就好像它刚刚从指甲深处的水中涌现出来似的。

"你瞧这里，藏着摇蚊吧? 它们就是水虿的食饵。"

的确，沿着指甲边缘上扭曲着一条细长的虫子。

"它吃吗?"

"吃，它可是相当凶猛的肉食动物呢。只吃蚯蚓之类的活物。"

不愧是涂在指甲上的，假指甲美女对水虿了如指掌。

无名指上的水虿刚从水面探出脑袋；中指上的在小树枝移动着；到了食指，就翘起尾巴似乎快要成形。

"正在抖擞精神呢。从水中的水虿到空中的蜻蜓，马上就要开始大变身了。"

假指甲美女一边嘎巴嘎巴弯曲着食指，一边给我讲解。我恍惚感觉，水虿的尾巴真的抖动起来，溅起了水花。

拇指上的水虿，脑袋后半部裂开，从里面出现了新的头部。到了左手，羽化过程则愈加显示出其与肉食动物相符的劲头。

拇指、食指上，新生命已经毫不留情地冲破了外壳。它们之间好像有个特定的过渡点，在那里，水虿一下子露出死相，蜻蜓则逐渐变得鲜活；小半截尾巴还留在水虿里，刚刚接触空气的身体呈现出非常柔弱的肤色，即便如此，抓住小树枝的脚尖依然十分有力。

到了中指，弓形的尾巴伸直了，同时张开的翅膀上逐渐显露出格子花纹。它后面是完全变成空壳的水虿，水虿像迷路的孩子似的呆然瞪着两只空洞的眼睛。

无名指上的蜻蜓，即将展翅飞翔。羽翅已经干了，更加透明，黑色眼睛专注地盯着前方。树枝对面是郁郁葱葱的树木，从那缝隙间只能看到一点点水面——那是直到刚才它栖身的家。万事俱备，没有什么需要再做的了。

左手的小指上只画了一根树枝。蜻蜓已经展翅离开，不知是被风吹跑了还是腐朽成了粉末；水虿的身影早已消失不见。只有树影在摇曳。

"画得不错吧？呵呵。"

假指甲美女微笑着收回了手指。

"有画这种指甲的美容院吗？"

"没有，是我自己画的。"

"你自己画的……简直就像在看动物图鉴啊。"

"确实准确得可以载入图鉴呢。还有其他各种系列，比如《白蚁筑巢》《藤壶的捕食活动》《极乐鸟的交尾》也很有人气哦。哎呀，麻烦，到时间了。咱们得快走！"

结果，参观那里时，鉴赏她的指甲比参观展品的时间长得多。

另外，我还逐渐了解了围脖妇人的围脖。围脖用棉线钩成几何图案，很长，绕脖子两三圈还能富余很多。两端垂下来的穗穗因为被反复编成小辫又解开（这是她的毛病），收缩得厉害，蜷曲出独特的曲线。

我估计原本大概是蓝色系的吧，但由于年代太久，实在无法准确说出是什么颜色了。特别是直接接触脖子的地方，难以区分脖子和围脖的颜色，必须相当集中精神才能看清楚两者的界限。由于太过协调，所以都没有注意到。

但仔细回想一下，吃午饭的时候她也没有把它摘下来。每次低下头的时候，她都非常巧妙地按住围脖，不让它碰到地炉里的炉灰或熊肉汤。看她的动作，仿佛那根本就不是围脖，而是粘连在脖子上的一部分皮肤。

当围脖妇人仰头看高处的作品时，下颌和围脖之间就会出现缝隙，这时我就不由自主地朝那里看。和假指甲美女的指甲不同，我预感围脖妇人应该不喜欢别人问及自己的围脖，所以，尽可能不要表现得太露骨。因为不知道她的围脖下面究竟隐藏着什么，是可怕的刺青、刀疤还是人面瘤……

但是，无论怎样盯着瞧都是徒劳。进入视野的只有汗渍、吃东西掉的碎屑或沾在网眼上的头皮屑，关键的东西什么也没有发现。每看完一个作品，她就把围脖围得更紧。

由于注意力都在同行者身上，难得的美术鉴赏都被疏忽了。我意识到之后，打算在参观下一个利用废弃学校的作品时把心收回来。

"这里的空间更加开阔了，多给你们一些参观时间，但也不要大意哦。听清楚了吧?"

到了后半程，导游的步子越来越轻盈。绿意盎然的群

山反射着日光，手表更加熠熠生辉。卷在手杖上的花手帕
欢喜地飘荡着。

　　这个三层钢筋水泥建筑原来是小学的校舍，看上去很
结实。连着鞋柜的体育馆入口是出发点，那里现在也成了
卖土产的地方，摆着肉桂糖、江米条或核桃饼等等。坐在
收银台前的老太太，舒服地打着盹。

　　"咱们四个人拉着手参观吧。"

　　仙鹤女提出了一个出人意表的建议。

　　"好呀，好主意。"

　　"里面很黑，房间又特别多……"

　　"为了安全。"

　　我们三个立刻表示赞成。被迷路困扰的绝不止我一个，
搞清楚这一点，我就安了心。

　　大家很自然地按顺序拉起手来，最前面是仙鹤女，然
后是围脖妇人、我，最后是假指甲美女。我的左手拉着围
脖妇人的右手，右手拉着假指甲美女的左手。为了新生毁
灭自我的水蚤温顺地躺在我的手心里，与此同时，围脖的
穗穗弄得我的左手腕直发痒。

　　"快去吧，没有时间磨蹭了。"

　　导游催促着我们。

仙鹤女刚一打开体育馆的门，一股稻草味儿扑鼻而来——整个地板上都铺满了稻草。这是个空荡荡的体育馆，支撑天花板的钢筋裸露出来，最里面有个舞台，看上去和其他体育馆一般无二。然而小学生们的气息早已荡然无存，里面只有昏暗、点缀在各处的朦胧橘光以及稻草的味道。我们站在门口调整了一会儿呼吸之后，不约而同地朝着稻草迈出了第一步，然后慢慢地走起来。

不久，感觉到耳边不断回响着执拗的低音，虽然不算多大，却令人难以忽略。一瞬间我想，刚刚羽化的蜻蜓扇动翅膀时莫非就是这样的声音吧。不由右手用力，感到指甲嵌入了掌心。

"啊，电风扇。"

仙鹤女低声说。果然，稻草之中排列着好几把长椅子，上面摆放着在转动的电风扇。落地式的、外罩生锈的、带定时器的、螺旋叶片白色的、螺旋叶片蓝色的，各种各样。不过每个都已经历史悠久，款式陈旧。这些电风扇丝毫不见疲惫，启动马达，摇晃脑袋，朝着被定住的方向不间断地输送凉风。没有一台偷懒。微弱的旋风四处互相碰撞，将稻草的气味发散到整个体育馆里。我们排成一队穿过长椅之间，穿过舞台下面的道具室，穿过走廊，前往校舍方向。

　　整齐划一排列的教室、长长的走廊、楼梯拐弯、安全出口、教师办公室、配餐室、理科准备室、小厕所和水龙头……学校的设备原封不动地保留着，窗户却被封死了。阳光被遮挡在外面，活力彻底蒸发，所有的一切都被黑暗覆盖了。偶尔有其他参观者从旁边走过，但都朦胧不清，也没有一个人看我们。切实能够感觉到的，只有互相拉着的手。

　　我们一个教室一个教室地参观着。有的教室挂着布帘，摆着一排箱子。看上去布帘就像是包裹遗体的布，箱子就像是棺材，大概是用来埋葬再也不会回到这里的孩子们的回忆吧。每个箱子的大小刚刚容人躺下，我都禁不住想进去了。哎呀，危险危险，就是这样才会迷路的。我慌忙摇摇头。所以才这样拉着手啊，导游说得对，不可大意。我告诫自己。

　　这时，突然从楼上传来沉重的破裂声。电风扇无法比拟的巨大响声有节奏地震撼着空气。我感到手里的水虿颤抖着尾巴，它好像害怕那震动似的。我们站在楼梯上，聚精会神地倾听着从头顶上发出的巨大声音，手掌心逐渐聚满汗水。

不久我们才明白，原来这只是将心脏跳动的声音用扩音器放大后的响声而已，也是作品的一部分，于是立刻镇定下来。以前，我买过录有胎儿在子宫里听到的声音的唱片，知道无论是血液、淋巴还是羊水，在体内循环的液体都会发出混浊而骇人的响声。

我们都不再说话了。停住脚步，还是往前走？多停留一会儿，还是大致看一下？走中央，还是走边上？通过手心里信号的交换，一切都心照不宣。我们没有片刻曾分开过手，一股稳定的力量始终把我们连接在一起。

终于走到外面时，好一会儿眼睛才适应。虽然太阳还没有要落下的迹象，但好像有了微风，云朵在流动，山上树叶在摇曳。

"好了，大家上车吧。"

仙鹤女说道。

"坏了。"

此时我意识到自己犯了个大错，发出一声尖叫。

右手拉着的不是假指甲美女的手，她和水虿们都不见了。不知何时起，我抓的是导游的手。

"被骗了……"

我自言自语道，也不知道究竟谁被谁怎么骗了。

没有人回答我，围脖妇人轻轻地一声叹息，卖土产的老太太还在打盹。

绝对没有错，刚才水虿正在我的手里羽化成蜻蜓呢。手心还清晰残留着弓起来的尾巴关节、带刺的脚尖和一点点张开的翅膀的触感呢。可是，现在手里拉着的是导游的手。它干枯而粗糙，就像变成空壳被抛弃的水虿一样。

"到时间了。"

导游看向我，淡然一笑。

"好了，现在前往最后一个作品。"

他高高举起被我的体温温暖过的左手。

最后一个作品在一片芒草茂密的野地里。风越来越大，导游举着飘舞的手帕，在芒草中穿行。不知是由于最近下雨还是本身就排水不畅，地面很泥泞，倒下的芒草缠绕在一起，人走在上面很是艰难。鞋子和裤腿上沾满了泥巴，好像在诉说这一天有多漫长似的。

虽然还离得很远，但我们立刻看到了作品。那是红色屋顶的道具小屋，从外墙到内壁，从地面到天花板，都被椭圆形的小镜子覆盖着。从门口往里看，发现最里面的墙壁已被拆除，内外连通。它已然失去了小屋的轮廓，成了一块巨大的镜子映出芒草荒原。草原在小屋中，小屋在草原中。

而且镜子们并非单纯地贴在小屋上，每一块都是被弹簧固定住，无论多么轻微的风吹过，便一齐晃动起来——即便只是我的呼吸，也会有所反应。一旦有一块镜子开始晃动，就会无法遏止地形成一片波浪，波浪包裹了小屋，震动了草原。

我们围着小屋绕起圈来。每一块镜子都被擦得锃亮，没有脏的或破的。风和光一起渐渐地染上了夕阳的味道，因此镜子的反射非常柔和，即便一直盯着看也不刺眼。我们三个人的身影在这些镜子里忽隐忽现。仙鹤女的脚尖在天花板一角穿过，围脖妇人的围脖穗穗在地板正中央滑过，我的侧脸藏到了门后边。每当有风吹过时，仙鹤女的脚尖、围脖妇人的围脖穗穗、我的侧脸就随之胆怯地颤抖起来。谁都不能从这颤抖中逃脱出来。

"啊……"

一阵大风刮来时，围脖妇人叫了一声。

"穗穗……"

原来是围脖穗穗被固定镜子的弹簧缠住了。在外墙的角落、窗户框下面、横梁上，都映出了围脖妇人，她低着头拼命地想要解开。

"把围脖摘下来就行了。"

仙鹤女说道。随着这声音，镜子又一齐晃动起来，穗穗更加复杂地纠缠起来。

"把围脖扔在这儿就得了，离出发时间还有两分三十秒。"

仙鹤女越是说话，越是刮起一阵旋涡。围脖妇人披头散发，咬紧嘴唇，仍旧一味地跟围脖格斗着。仙鹤女掀起的震动和围脖妇人掀起的震动，在小屋里四处乱撞，引起弹簧胡乱作响，那声音和风声一起包裹了小屋。

"必须扔掉！"

仙鹤女的口吻越来越严厉了。

"扔掉呀。"

其实想必仙鹤女也知道，围脖妇人是绝对不会摘掉的。

我和仙鹤女在镜子里交换着眼神，离开了小屋。山脊被夕阳染红，风更加凉了，周围的芒草全都朝我们倒过来。我们两个人一起拨开芒草，默默地踩着泥泞往前走。手上全是划痕，无论怎样踮起脚尖眺望，也望不见那小屋的红色屋顶了。

仍然在早晨那个停车场，我们跟导游告别。和早晨比起来，现在这个参观团已经很小了。

"给你添麻烦了。"

"非常感谢！"

我们很客气地向他表达谢意。导游浮现出腼腆的笑容，好像在说"哪里，我也没有为你们做什么"似的，没有一点疲惫的样子。倒是我们，已经筋疲力尽了。不知是白色尼龙丝还是芒草根茎，有什么细长的东西一直粘在我的鞋里。

"以后有时间，随时再来。"

导游交替打量着我和仙鹤女，说道。

"这个盛典是长期举办的，作品还有很多。那个山那边，这个山那边都有。多得很，想看多少都有。什么时候你们再想去的话，我随时可以带你们去。只要严格遵守时间。"

在检票口，导游向我们挥手。

仙鹤女乘坐下行车，我乘坐上行车，两个人去了不同的站台。直到列车进站之前，我们一直隔着铁轨一边对望，一边等车。离远一看，她瘦得愈加像仙鹤了。下行车先到站。乘车之前，我以为她会给我发个什么暗示，可是干瘦的身子立刻隐秘在其他乘客中，看不见了。列车开走后，只剩下我一个人。

（原稿零枚）

八月某日（星期五）

我去医院看母亲。推开病房的门，就发现室内的空气比以往都要沉闷。

同屋的所有人——整天坐在床铺上玩电子游戏的女高中生；一看到我就觉得来了解闷人，面露喜色急于跟我说话的老奶奶；把三层高的滑动式镰仓雕①缝纫箱放在小桌板上，埋头刺绣的中年妇女——都蒙着头蜷缩在床上。我尽可能不发出声音，拉上了床铺四周的围帘。

母亲也是同样地没有精神，眼皮浮肿，嘴唇龟裂，白

---

① 镰仓雕，神奈川县镰仓市特产的雕刻漆器。

眼珠混浊。用着冰枕，看来是发过烧了。最近好像没有进行复健锻炼，魔术贴的胶底运动鞋被塞在床底下的黑暗处，落了薄薄一层灰尘。

不久，护士走进来。

"情况怎么样？"

"一起来还是头晕……"

"是不是昨天一高兴吃多了？"

"是的。"

"听说早饭时吐了？"

"是的。"

"唉，真可惜。"

护士小姐一边量血压一边跟我说话，和她的活泼利索相反，女高中生的声音几乎和叹息没有区别。

老奶奶的腰痛恶化了，刺绣女据说是便血，护士小姐给她们换了膏药，调整了点滴速度，但她们似乎仍然没有力气说话。护士小姐出去后，病房里立刻又恢复了静寂。

我给母亲讲了为参观现代艺术盛典去 T 城的事。同行者和导游是些什么样的人，看了哪些有特色的作品，午饭多么好吃……我既然曾身为梗概讲解员，在这种时候自然也能够确切地表达。归纳作品的梗概与总结自己的体验，

两者之间没有太大的区别。即便是信笔写成的小说，里面
也必然埋伏着作者无意识的计划。尽管在 T 城发生的事件
大都是偶然的，但它同时也是因为某种确切意图导致的结
果。假设如此的话，梗概讲解员只需要解读出那个计划和
意图即可。

在停车场集合，在第一个作品那里大学生失踪，一直
到最后与仙鹤女分别。我的讲述一次都没有磕巴，没有错
误；没有因为忘记重要的倒回去重新讲，没有不知该怎样
描述出场人物；没有中途咳嗽，没有声音变调。如同顺利
解开事先准备的礼盒绸带似的，我口若悬河，滔滔不绝。
导游的手表、上班族的细软头发、围脖的网眼、假指甲的
图案，全都在我的声音里复活了。现代艺术家们现出身形，
映在了围帘上。当然，我并未只停留在细节上，还留意着
不疏忽整体的脉络。因为母亲没有去过 T 城，所以我更细
腻地描绘景物。

仔细一看，围帘很脏。不知是手垢、软膏、药液还是
吐血的痕迹，形成斑驳的图案围绕着母亲。

母亲眼都不眨地盯着一个地方，除了偶尔因为有痰而
咳嗽之外，一直沉默不语。她看的那个地方，徒然地存在
于与我的视线稍微错开的空中。但是我已经习惯对着沉默

讲话了，所以丝毫没有感到困惑。Z 先生、"梗概教室"的听讲者们、J 子女士全都是默然无语的，背诵俱乐部的先生也并没有关注我，新人奖投稿作品的梗概返还给我的只是订书机钉在封面上的声音。

现在所讲的这些真是亲自经历过的吗，会不会只是自己写的小说梗概呢。那不干净的围帘上映出的人们，真是来自外界吗，会不会只是自己内心编出来的剪影画呢。我渐渐已经分不清了。一笔一笔在十指指甲上画出水蚤羽化的其实是自己吧，我担心地看了看双手，又看了看被子里面母亲的手，都是干干净净什么也没有画的指甲。

我压低了声音，保持着与母亲的沉默相匹配的音量。平静的湖面，即便只是投入一颗小石子，波纹也会传得很远。现在充斥母亲体内的沉默比任何内脏都具有实感，几乎与灵魂等重。如果把她抱起来，那两只胳膊感受到的就是这沉默的分量吧。我的声音被湖水——吞噬，在水中漂荡，波纹已经消失，而它仍然向深不可测的水底坠落下去。

找遍整个医院，再也没有比母亲更安静的患者了。无论病得多么重的病人——因出血而意识不清，因腰痛而无法动弹——也达不到母亲那样的安静。她的喉咙长期屏息肌肉很硬，声带收缩枯竭，舌头躺在黑暗中太久似乎已经忘记怎么动弹。无论对着谁，都不会回答、附和或是抗议。不说梦话，不按呼叫钮，不会乱挥胳膊，不会随便乱走。不要说 T 城了，除了自己出生和出嫁的两个地方之外，她哪里也不知道，也从来没有坐过飞机。即便偶尔来女儿家还是小心翼翼的，打开玄关门时总是露出有些为难的表情，就好像提心吊胆地翻开女儿写的小说，想着"这到底有什么意义"。

回想和母亲最后一次交谈，愕然发现不知道是什么时候的事了。当母亲的病情日益严重不得不住院时，她很罕见地一天打了好几通电话。

"没事，其实也没什么事……"

母亲解释什么似的结巴着。

"就是，想打个电话。"

又装出开朗的口气补上一句。

那时母亲说话已经有点费力，单词都是一个一个有些迟钝地往外蹦出来的，再也没有半点我熟悉的样子。

"嗯，你身体怎么样？我还是那样。"

我不知道母亲长时间沉默是因为不知道该说什么还是因为病情，只能自己唠叨些无聊的事。

"那就好。其实，我也挺好的……"

我把两个手掌合成碗的形状，接住了一滴一滴落下来的母亲的话。很好，就这样继续，我鼓励着这些语言的水滴们。不知不觉中，我接住的仿佛变成了母亲的眼泪。

"别太累了，保重身体。"

"……"

"注意不要摔倒，吃饭要细嚼慢咽。听见了吗，知道吗？"

"……我知道。"

"不用担心我。"

"嗯……"

那个时候母亲已经在做准备了，先把声音一点点送往彼岸的世界去。然而我却没有意识到事情的严重性，一心只想着怎样把沉默对付过去，甚至都忘了母亲说的最后一句话。

肯定有最后一句话的。"时间到了，这样也算是没有缺憾了。"她一定是亲眼目睹了那最后的水滴落到女儿掌心，消融不见的。

我看着手掌，那里空空如也，非常干燥。

朝墙壁看去，发现那个收纳衣物、毛巾和零碎用品的透明柜子最上面的抽屉里有一本书。我不知道是谁在什么时候拿来的，眼球不能自如转动的母亲应该已经看不了书了。书放在叠得很整齐的安哥拉小毛毯上面，几乎被遮住了一半。那是我写的书。

"讲得真好，非常感谢！"

我讲完现代艺术盛典的事之后，突然从围帘对面传来老奶奶的声音。我从缝隙看去，和躺在床上正抓着床围栏的老奶奶对视上。

"对不起，吵到您了吧?"

"哪里，想知道谁能坚持到最后，一边揪着心一边听着呢。"

老奶奶用力握住床围栏，似乎在忍受着腰痛。

"请多保重。"

说完，我拉上了围帘。有人发出呻吟，有人推着小推车嘎吱嘎吱地走过走廊，广播里播放着"现在移动售货店正在电梯走廊营业，欢迎有需要的患者前来购物"。很快，又趋于安静。

我从透明柜子里拿出指甲刀，给母亲剪指甲。先是左手的拇指到小指，再是右手、右脚的拇指到小指，最后是左脚。忘了什么时候在移动售货店买的指甲刀虽然很小，却很锋利，咔嚓咔嚓地毫不留情，一点都不能大意。

母亲的手指或弯曲或僵硬，但被我握住后就温顺下来。指甲刀一剪，指甲便很容易地从她的手指上掉下来。和先行去往彼岸世界的声音一样，一点都不犹豫。

指甲只长了一点，很小。人的指甲原本就是这么小吗？我不禁担心起来。在母亲的指甲上，水虿肯定无法羽化吧。

每当指甲刀发出咔的一声时，我的心脏就收缩一下，害怕自己会把指头整个都剪掉。和指甲一样，母亲的手指也早已没有丝毫想要抵抗的意愿了。所以即使真变成那样，肯定不会有哀叫，也不会在我的手中留下太大触感，只会有一点点血飞溅到围帘上，然后指尖啪嗒滚落在床单上。我看向围帘，抚摸床单，再去剪下一个指甲。

病房里只回响着剪指甲的声音。我知道同屋的三个人都在侧耳倾听。终于轮到左脚的小指，它就像果实一样又硬又圆，指甲只是附着其上的蒂。在几十年间，这小小的指甲偏安于身体一隅，起到了怎样的作用呢？想都无法想。终于剪完最后一下，我听到隔壁老奶奶松了口气的声音。

我捡起碎指甲，用手纸包起来，塞进了兜里。

离开住院处之前，我沿着六层的走廊去了另一栋产科住院部的新生儿室。从电梯出来，往左拐，走过谈话室，前面就是新生儿室。已经来过好几次，地图都在我的脑子里。

只有这里的墙壁和其他病房不同，不是橙黄色而是天蓝色，到处画着彩虹和花鸟。大玻璃里面有两排婴儿，躺在浴缸形的透明小床上，穿着开襟的白色婴儿服，脚脖子上套着个环儿——男孩子是蓝色，女孩子是粉红色。小床内侧贴着卡片，上面写着母亲的姓名和婴儿出生时的体重、身高，但近视眼的我看不清楚。

我站在玻璃前，蒸腾出一片水汽。啊，这样的话我携带的细菌就会穿透到对面的，不行不行。尽可能地屏住呼吸。

一拨接一拨地总是有很多人前来探望，所以不用担心有人会注意到我。有起劲摄像的父亲，有指点着自己的孙儿兴奋说笑的爷爷奶奶，有自豪地领着探望者转悠的穿睡袍的母亲，有来看望自己弟妹的少男少女。总之有各式各样的人来这里，当然也包括和我一样的新生儿冒牌探视者。

为方便起见，姑且这样称呼吧。但实际上它和大肆蹭吃宴会的卑鄙，或冒充家属参加运动会妨碍正常秩序的厚脸皮不是一码事，我们绝对不会加害新生儿；不会靠近只有亲属才能进入的空间，比如哺乳室或 NICU①；也不会花言巧语地哄骗那些新手母亲，去抱一抱新生儿。我们只是站在大玻璃外面，注视着那些新生儿。

健康的新生儿不到一个星期就出院，所以每次来这里，遇见的人都不一样。但这并不意味着每次都有耳目一新的感觉，毋宁说无论哪个孩子，都像是曾经看到过似的十分熟悉。他们全都统一于"婴儿"这个名称。可是每个新生儿又出人意料地不一样，实在不可思议。有的婴儿肥肥胖胖，好像明天就可以参加宝宝哭相扑比赛；也有的婴儿令人联想到刚刚羽化完毕的蜻蜓。有的婴儿一直香甜地在睡觉，让人特别想摸摸他的脸蛋儿；有的婴儿一直哭个不停；也有的婴儿瞪着眼睛，仿佛在思考什么。他们不同地以各自的方式度过这段时间。我还看到个别新生儿戴着毛线帽子或手套，也不知是什么意思，或许单纯只是父母让戴的吧。婴儿们头发的样子，嘴唇的颜色，小手的攥法……没有一个是一样的。

第一排最右边的那个新生儿，尽管并没有哭泣，却不停地蹬着两条小腿。身体虽然幼小，精力似乎过剩，不知

① NICU，新生儿重症监护病房。

何时已经爬到最高处，脑袋顶在了小床边框。从敞开的小衣服里露出了脚底板，脚脖子上的蓝色环儿系在松弛而柔软的皮肤褶皱上。每当他蹬踹时，蓝色环儿便一点点地转动。十个脚趾紧紧攒在一起，没有一点缝隙，生成好几条褶皱一直从脚底连到脚脖子，看上去更像个令人担忧的生物了。这时，他的指甲进入了我的视野。即便是刚刚出生的脚，似乎还残留着羊水，也理所当然地长着十个指甲。差不多和我母亲的指甲一般小。

新生儿队列的尽头是看护室，里面有医生或护士值班。他们都很忙碌，根本没有工夫关心玻璃外面的女人为什么在这里。运动会也好，宝宝哭相扑比赛也好，新生儿室也好，都为我这种人准备了小小的空间。虽然不知道是谁准备的，但只要悄无声息就肯定可以瞒天过海进入其中。在不妨碍当事人的角落里，隐藏着不引人注目的入口。只有真正需要去的人，才能拧开那个门把手。

有一个比我年轻很多的女人站在玻璃外面的正中央，个头很高，身板结实，长长的直发束在脑后，垂在背上。挎包的带子从肩头耷拉下来，她也没有意识到，只是一心一意地盯着大玻璃里面。我立刻明白，她是和我分享空洞的伙伴。她在哭泣。虽然不时假装擦汗或把手帕捂在嘴上，但仍有呜咽声从那缝隙里隐隐地流出来。也许是不想让别人看到自己的面孔吧，她把额头抵在玻璃上。

哭泣没有关系呀，我在心里对她说。哭泣一点也不违反咱们的规定，也不妨碍新生儿或任何人。所以不必有任何顾虑，尽情地放声哭吧。

在这期间，新生儿们也在自由自在地活动着：伸胳膊踹腿儿的，噘着嘴寻找奶头的，攥紧两手的，打嗝的，睡觉的。我推进无花果井里的婴儿是哪个呢？和我长得一模一样，八岁时死去的女孩在哪里啊？宝宝哭相扑比赛时，差一点就到我怀里的婴儿也应该在这里。

哺乳的时间到了，产妇们陆续从病房里走出来。四周突然变得热闹起来。她们都穿着前面可以打开的睡衣，手里拿着雪白的毛巾和清洁棉，一边愉快地说话一边走着。

每个人接过一个婴儿，没有人担心找不到应该抱到怀里的婴儿。她们都堂堂正正地挺着胸脯，宣告"我的孩子是这个"一般。尽管如此，我仍然恋恋不舍，一直用目光追寻着每个孩子的归属。

这时我才注意到，那个女人已经离开了。只有她的额头沾过的地方留着一块污渍。

回家之后，我把母亲的指甲烧了。把它们放进可乐瓶盖里，用火柴点燃，指甲两端的尖细处先燃着，然后一点点扩散开去。它们发出吱吱的活泼声响，冒出细细的烟。右手中指的、左手无名指的、右脚大拇指的、左脚小指的，月牙形的指甲们翻滚起来，融化成黑乎乎的一团缠绕在一起，挤靠在瓶盖边缘的凹槽里。烟被笔直地吸进黑暗中远远的一个点里，有一股尸体火化的气味。

（原稿零枚）

八月某日（星期二）

夜里睡不着时，我就抄写图鉴打发时间。《深海鱼——黑暗里的怪物们》，作者尼冈邦夫，出版社 Bookman，现在进行到第二章第六节"捕食"的部分。

> ……叉齿鱼类被称为 Deepsea swallowers——深海大肚汉，能够吞下比自己大的鱼。它们没有过滤微小饵食的鳃耙。透过因膨胀而变薄的腹部肌肉，能够看到容纳大鱼的胃和吃下去的食物（P. 83 图41）……

我喜欢看图鉴上的说明，朴实易懂，平和地告诉读者异乎寻常的种种事实。图鉴一般都是又大又重，无论在图书馆还是书店里，均被置于书架最下面的不起眼之处，但这种谦逊之态反而给文章增添了魅力。既使用"大肚汉"这样可爱的词语，又突然冒出"鳃耙"这类高雅的单词，却丝毫不会让人觉得突兀，文字通达，驾驭自如，令人钦佩。叉齿鱼类——这个毫无美感的名字在图鉴中受到头牌的待遇。

我看着图41。它怎么能够吞下比自己大的鱼呢？叉齿鱼不做任何辩解，默默地以自己的身体加以证明。从下颌连接下来的腹部，凸得比嘴尖还要向前，膨胀为自身腰围的好几倍。它的轮廓被吞下去的鱼取而代之，早已没有了本来的样子，真是不知道到底是谁吞下了谁。正如说明部分所说，透过撑到极限的薄纱般的腹部肌肉，能够看到里面被吞下去的鱼。鱼并没有意识到自己已经死了，一对黑黑的眼珠仍旧从内脏直盯着深海。

但是，图鉴上登载的并非都是这类重口味的鱼类。没什么个性的普通种类也堂堂正正地在此占有一席之地。

"圆身短吻狮子鱼，狮子鱼科。身体细长，从头部至尾部逐渐变细。身体肥硕，头大而圆。嘴部位于头部前端，延伸到眼部下缘。上下颌的牙齿小而尖锐，排成数列……

肛门紧贴吸盘之后，后面是泌尿生殖器官突起。身体圆滑，没有骨质物。生活在 521—1100m 水深处……"

和吞下猎物后的叉齿鱼相比，圆身短吻狮子鱼的样子实在平淡无奇。看不到任何吸引人的装饰或图案，体形也是小孩子想画却没有画好的椭圆形，让人不禁觉得它似乎哪里不舒服。就连肛门和泌尿生殖器官暴露在外，它都没有一点紧张感，依然是平静地肉乎乎着。

打开第七部分"繁殖"那页后，鮟鱇鱼们骤然开始活跃了。

"雄性鮟鱇鱼类非常小，寄生在雌性身上（P. 134 图59）。寄生的方式有三种（P. 133 表1）：一次附着型：在繁殖期用上下颌的牙齿紧紧咬住雌性身体，但不与雌性的身体组织结合。任意寄生型：无论寄生不寄生都能存活；但是寄生之后，雄性与雌性完全合体。真性寄生型：必须寄生在雌性身上，否则不能存活……"

我被附着于雌性、完全变成其身体一部分的雄性密刺角鮟鱇鱼吸引了。它早已失去原形，变成指套一样的形状。虽然图鉴用箭头标注出了眼睛、鳃孔、胸鳍等名称，但几乎都只是一个个小点。唯有勉强能够看出原形的背鳍尖，证明了它很久以前曾经是一条鱼。

　　我在想，在阳光照不到的深海里，一点点失去自己是怎样的心情？当尾鳍逐渐融化于消化液，头部渐渐退化在雌性的血流里时，它会不会醒悟自己再也无法恢复原状，会不会产生绝望？又或者，它只是如深海海底一样一直平静呢？我希望它至少感觉不到疼痛。我希望在它刚感觉到尾巴微微发热，脑袋难受的时候，一切都已经顺利结束。我一边这样祈祷一边睡着了。

（原稿零枚）

代替后记的日记

四月某日（星期五）

相隔十年，我重访了阿尔勒①。

"给您准备了和上次一样的房间。"

前台的男青年微笑着说道。怎么，你记得我的名字？上次来这里已经是十年前了，真的还记得？哇，简直太有心了。我该怎样表达感谢之意呢？……一时间我有些不知所措，反而连法语的"谢谢"都没有说出来。大概觉得还记得我有些不好意思，青年面露羞涩，提起行李箱登上了楼梯。这是一家家庭经营的老式旅店，没有电梯，也没有

---

① 阿尔勒，法国东南部城市，地处罗讷河三角洲头，为旅游胜地。

搬旅行箱的服务生。

我跟在他后面上楼梯时想起来，如果还是上次那个房间的话，应该是在五层还要往上的顶层阁楼。三层、四层，越往上走，他的脚步变得越艰难起来。每当沉重的箱角碰到楼梯边缘发出咔嗒咔嗒的声音时，我都觉得很抱歉。到底是作家的箱子，里面肯定全都是书籍，他一定是这样想的。其实那里面装的都是我在路上买的、别人给的或是捡的石棺残片、岩盐块、动物大腿骨之类的东西。

青年的后背已经被汗水湿透，他歪着嘴，小臂开始抽搐，然而并没有停下脚步，继续爬楼梯。看样子似乎在说，这点儿不算什么。贯通到顶的中庭被茂密的绿色覆盖，天花板非常高，楼梯长长地延伸着。每到拐角的时候，我都会瞧一瞧昏暗的走廊里面，没有看到人影。

五层与阁楼由一座木头螺旋楼梯连接着，楼梯藏在隐蔽门里，很窄很陡。青年把钥匙插进隐蔽门的锁眼里，他的手指已经出现了紫色瘀血。一转动把手，不知哪里飘起一层尘埃，可见这里已经很久没有打开过了。

青年使出最后的力气拖着行李箱，也不怕把地面磕得伤痕累累。为了不踩空，我用力抓住栏杆。中庭已看不到了，只有石棺、盐块和骨头碰撞的声音回响在四周。

隐蔽门关上，青年走了出去后，我像见不得人一般被单独留在了屋里。从窗户难能看到一片铁锈红的屋顶、圆形角斗场和教会的钟楼。直到此时，我才意识到，自己来到了一个如此遥远的地方。

晚上，和十年前一样，我在罗讷河边的书店里举行了朗读会。当河面渐渐被暮色浸染时，各种各样的人聚集而来。有出版社的社长夫妇、美术大学的学生、信用社的总经理、翻译家、舞蹈家、历史学家、园艺师……其中有几个上次见过面，他们都显露出了十年岁月雕刻的痕迹。也有的人去了另一个世界，没能来出席。

首先由我用日本语朗读开始的一页，之后由责编 E 小姐用法语朗读。E 小姐有着茶色眼睛和一头鬈发，一看就知道是一个声音优美的人。她上个星期刚刚从床上掉下来，伤到了肋骨，所以举止缓慢，给读书会平添了优雅的气氛，给朗读增加了魅力。她一边忍受疼痛一边发出来的声音，犹如从地下深处渗透出来的清水一般神秘莫测。音色通透，又不乏青苔的香气。

客人们都专注地倾听着，时而发出笑声。最初我还用眼睛追逐着看朗读到了哪里，尽力想象那是怎样的场景，但很快就跟不上了。没办法，只好在 E 小姐旁边老老实实地坐着，以免妨碍她。

这真的是我写的小说吗？作品被翻译成自己不会的语言，会产生这样的不安其实也是理所当然。但是同时，我又觉得自己写作的证据就这样轻易地消失不见，不由得茫然无措。

E小姐的声音不知何时变成了音乐，充满了书店。我漫然想象着在简陋书桌上写成的词语们，它们漂洋过海，横穿大陆，乘风越过广袤森林，最终沿着罗讷河顺流而下，到达这个书店。爬过岩石的坑洼，穿过地层的间隙，浸润了青苔孢子，终于溢出地表来的这一滴清水，这不曾被人注意到的清水，终于被我用手心接住了。渐渐地，我陷入无止无休的情绪之中，渐渐犯起困来。不知到底是无止无休还是困乏，反正越来越分不清了。不行，睡着了可不行。我越是这样对自己说，意识就越是被吸入空中的某个点里去了。

就在此时，突然爆发出一阵热烈的鼓掌声。我猛地睁开眼，眨巴着眼睛。来宾们都站起来，向我投来温柔的目光。E小姐也慢慢地合上了书，加入鼓掌的行列。不知何时，罗讷河已经被夜幕包裹，街灯在书店的展示窗上映出了光圈。

不，我根本没有做什么值得大家给我鼓掌的事。正如你们所看到的，我只是坐在这里。就连这本小说是不是我写的，都已经令人怀疑了。请大家不必在意我……

我低着头，不知所措。为了掩盖惶惑不安，我把手伸到 E 小姐胸前，给她揉了揉肋骨。鼓掌声更大了。

次日（星期六）

黎明时分下起的雨吵醒了我。今天要去 E 小姐家做客，吃早餐。她先生和儿子 M 君来接我。

M 君听说日本比印度还要远，吃惊得睁大眼睛。曾经在车后座上展示自己收藏的 M 君，从那些收藏中，选了最心爱的蜻蜓标本放进安抚奶嘴的小盒里，送给了我。每天晚上八点就必须上床睡觉的孩子，当年那个四岁的孩子，如今已经长成了十四岁的少年。

$4 + 10 = 14$。这是理所当然的，我不禁陶然。真想紧紧地拥抱他，恨不得伸出手，用食指去摁一摁他脸蛋上的酒窝。我好容易控制住自己，彬彬有礼地跟他握了手。

少年的个子早已超过了我，嗓音也变了。因为声音还没有完全定型，即便声调很低，也有着飘浮的感觉。他纤瘦的体形还残留着孩提时代的影子，但长胳膊长腿中充满了未来的可能性。大人们全都老了十年，只有他朝着未来开拓了十年的路。

在朴素而温馨的餐厅里，早餐已经准备好了：法国南方风情花色的桌布，筐里的面包，水杯里的橙汁，主人自己做的果酱，撒满砂糖的草莓，卧在软垫子上的猫咪。

我坐在 M 君旁边。两个人将脑袋凑在一起，小声说话。并非不想被别人打扰，而是因为在十四岁的少年身边，我不知怎的就自然切换成悄悄话模式了。

"那个蜻蜓标本，尾部腐烂成了粉状，不过，翅膀还在呢。"

"真的？"

"摆在书箱上了。现在 M 君的收藏怎么样了？"

"现在主要收藏矿物了。"

"哟，是吗？怎么弄到呢？"

"存零花钱买，或者跟收藏的人交换，或者登山自己去寻找。"

"哇，了不起。"

"富士山，小孩子也能攀登吗?"

"M君的话，可以呀。这还用说吗，你已经不是孩子啦。"

在对话的间隙，M君给我添了一杯橙汁。还给我介绍果酱的品种：这是蓝莓，这是黑加仑果。看我不太会抹草莓酱，就去厨房拿来一把大勺。我需要什么，他都能够很平静地捕捉到。从不大声喧哗，惊慌，害羞等等。莫非这个少年，在长成大人之前，曾经当过百岁老翁吗?

吃完早餐后，雨还在下。

喝完咖啡，M君带我参观了他的学习房间，是个小巧玲珑而又舒适的房间。通向后院的玻璃门外绿色掩映，房间里的光照柔和明亮，墙壁上挂着法国古代地图、他小时候画的船和士兵、仙人掌、爷爷的照片等等。不过最吸引我的，还是整齐排列在架子上的矿石们。它们各有其独特的色泽和形状，都静静地待在原地。

"这是西藏的，这是中东的，这是秘鲁的……"

他指着一个个矿石，说出遥远的地名。我只是凝视着他的手。那是令人惊讶的大手，蕴含着无论多么遥远的地方，都足以靠自己一个人走到的力量。

“稍等一下。”

对话突然停顿时，M君迅速戴上派克外套的帽子，打开玻璃门，小跑着去了后院。背影倏忽间隐没在绿色之中了。

“M君……”

我明知他听不见，仍然在喊他的名字。

不多久，他从植物之间跑了回来。好像无处打发长胳膊长腿似的，好像野生动物跳跃似的，他飞溅起脚下的雨点，朝我跑回来。

“这个，送给你。”

M君递给我的是一枝橄榄枝。叶子的形状很美，长度和曲线刚好适合拿在手里，水灵灵的。他的手和橄榄枝叶子上滴落下来的雨滴一起，濡湿了我的手指。

五月某日（星期三）

从阿尔勒回国后，我把橄榄枝摆在了蜻蜓的旁边。它也不曾枯萎，叶子仍保持着生长在庭院里时那样的青苔绿。一有时间我就把它拿在手里，目不转睛地看着。我觉得，只要有 M 君在那里陪着，这个世界就没有什么让我不满意的。

责编打来电话，告知我《原稿零枚日记》决定做成文库本。